一人でぽつんと生きればいい

曽野綾子

祥伝社

目次

装丁◎石間淳
挿絵◎八木美穂子
写真◎産経新聞社提供

1
夫が死んで四カ月ほど経った或る日

私は一人娘として育ったせいか、幼い時から依頼心の強い性格で、運命の九十パーセント以上は自分で決めるもの、しかし解決の手順は誰かが示してくれるものと思っていた。

親からはいつも「あなたは依頼心が強くていけない」と、言われていた記憶からもそれが裏づけられる。

運命にはいつも思いがけない不都合が発生する。急いで紐《ひも》を結ぼうとしたら、固結《かた》びになってしまってそれを解くのにひとしきり時間がかかる、というような問題が起きるのである。しかしそうして発生した困難は解決していかなくてはならない。その点は充分に自覚していても、恐らく幼い時から、私はもつれた結び目さえ誰かが解いてくれるという顔をして、周囲の人の顔色を見ていたのかもしれない。

言い訳をすれば、私は母が満で三十三歳の時に遅く生まれた一人娘だった。

昭和の初年生まれだから、我が家のような小市民階級の家にでもお手伝いさんがいる時代だった。するとその人が子供の上に起きる不都合をほとんど解決してくれる。

冬、重いコートを着る時の難しさも、食卓でお汁をこぼした後始末も、子供がやるより大人の方がうまいから、つまり始末してくれるのである。

そういうわけで、私は漠然と自分の晩年に起きることの困難は誰かが始末してくれるのだろうと思っていた。

一人娘だったから、兄姉の手助けを期待することはなかったが、銃後《じゅうご》と言われた東京にいても毎日アメリカの空爆を受けて生死の危険を覚えるような戦争は体験した。その間に当然私は自立の生活を覚えたのだが、まだ依頼心が抜け切ったとは言えなかった。戦前の私の家庭はいつも一人二人のお手伝いさんの手を借りていた時代だったのだが、母は娘の躾《しつけ》に厳しい人だったので、私は中学の頃から、お手洗いの掃除も、庭の草取りも、ちょっとした煮物もできるようになっていた。

つまりそうしなければ生活が回っていかなかったのだ。

その間に戦争中の食糧難の時以外は、私は何度か親に犬を飼ってもらった。戦前からの家には狭いながら芝生を張った庭もあったし、その頃の我々には犬に関する知識もなくて、軒先に置かれた犬小屋に、敷き藁《わら》を入れ、残りご飯に魚の煮汁や味噌汁をかけたものを餌《えさ》として与えればいい、と思っていたのだ。

そうした飼い犬は、たいてい父が私の誕生日に買って来てくれたものだった。ちょっとした庭と残りご飯があれば、犬は飼えるものという程度が当時の飼い主の知識だった。

「犬に歯磨きをしろ」

という飼育者の心得ができたのは最近のことである。私は驚いて知人に尋ねた。

「お宅の犬も歯磨きはしている?」

「いいえ」

とんでもないという語調でもあった。一応堅実な市民生活をしている者にとって、自分の歯磨きだってさぼりたいのに、犬の歯磨きまでさせられたらたまらない、と思うのも自然である。私たちはそのようにして、犬には家畜らしい自然な生活をさせ、その限りで、二十歳に近くまで生きれば「よかった。長生きしてくれた」と思ったものである。

その間に、私は手のりのインコを二度、家の近くにいたノラ猫を一度手なずけて飼い猫にした。

手のりインコは、私の後から廊下を歩いてついて来るほどになつき、ノラ猫出身の「ボタ」は二十歳近くまで生きた。

しかし我が家は犬と縁がなかった。庭に植木屋さんが入ると、裏木戸が開けっ放しになる。その時を狙って遁走《とんそう》する。私は近所を探し、野犬の収容所まで何回も足を運んだが見つからなかった。誰かに飼われている、と信じて諦《あきら》めた。どうしてその頃、首輪に連絡先を入れておかなかったのだろう。

二〇一七年二月に、夫の三浦朱門《みうらしゆもん》が亡くなった時、我が家にはペットがいなかったし、私は一人の人のいなくなった空虚をペットで埋めようとは考えもしなかった。

ところが、夫が死んで約三、四カ月ほど経った或る日、私は亡くなった夫の枕許《まくらもと》にあった小さな朱塗りの書類簞笥《だんす》をやっと片づけようと考えた。考えただけで、実行に移さなかったのだが、とにかく最上段の引出しを開けた。

書類をかき回してみると、中にあるのは、不用になった下《くだ》らない紙切れだけらしかった。古い受取、座談会が決まった日と場所。二、三年前には必要だったものだろうが、つまりだらしない夫は、全く整理をしないまま紙屑《かみくず》にして溜《た》め込んでいた、ということなのだ。

1　夫が死んで四カ月ほど経った或る日

夫は何に対してもだらしなく、寛大な人だった。つまり私のお金の使い道、交友関係などに関して、私はその都度、食事の度に喋《しゃべ》る癖はあったが、彼はほとんど何も言わなかったのである。しかし、書類に関しては少しうるさい方だった。文字通り「ひっちゃぶった」ような紙に、大切な人との会合の日時などを書いておくたちだったから、「こんなもの要らないでしょう」と他人に捨てられることだけが、一番困ることだったのだ。

その小箪笥はつまり亡夫の「捨ててはいけない紙屑籠《かご》」のようなものだった。だから一番いいのは触らないことだったのである。触らなければ問題もおきない、という真理は世間のあちこちに転がっている。家庭内のいざこざも、友人関係も、少々のことは触らなければ、時が自然に解決する。だから迷う以前に、手を出さなければいい。夫一人に「所属する」引出しを整理しなかったのも、別に深い理由があったからではない。自分だけが必要な引出しの整理さえしかねていた私は、長年夫の引出しを片づける、などという「危険な仕事」をする精神的、時間的余裕がなかったのだ。

　引出しの中味は一見して無価値な紙切ればかりだった。しかし私がほんの少し紙屑の上の部分を動かすと、その日に限って私には異様なものが見えた。紙幣だったのである。一万円札を二つ折りにしたものは、数えてみると十二万円あった。

2

夫のへそくり

私たち夫婦のお金に関する態度は、実にいい加減なものだった、と改めて言う前に、理由を述べた方がいいだろう。

税務署の制度で、夫と私はそれぞれ別個に収入を申告させられていた。世間には「夫婦共有財産」という言葉があるが、日本の税制から言うと、夫婦はどうも別れる前から別財産が普通らしい。私たちのように、銘々に収入があると、税務署は完全に別人格として申告を要求する。

私たちはどうせ自分では税金の申告書を作れなかったので、毎年、ありったけの資料を揃《そろ》えて税理士さんに送って申告書を作ってもらっていた。第一の理由は、算盤《そろばん》や計算機を使えなかったからである。それに私たちは日本の税制に文句を言うほど、通《つう》でもなく、暇もなかったからだ。必要経費を聞かれると、夫は「時々下着と靴下を買います。靴はもう死ぬまで買いません。二、三年に一度かなり高い背広を作りますが、その度にその服に合った色のネクタイを二本自分で買いに行きます。女房が選んだものはダメ。僕の方がずうっと色彩感覚があるんです」と答えていた。

もっとも夫の死の直後、私は今までとどれくらい生活を変えるべきか迷った瞬間もある。しかし生活が大きく変化すると、当事者は意外と疲れてへとへとになり、運が悪いと死ぬほど健康を害することもあるというから、最も賢明な生き方は、できたらそれまでと同じ生き方をする方がいいのだという人もいた。私はそれをヒビ割れ茶碗の原理と呼んでいた。ヒビ割れ茶碗も、ごしごし洗ったり、荒々しく扱ったりしなければ、茶渋さえも保護剤の働きをして何とか割れずに一生使い続けていける。「とりあえずその路線で行こう」と私は思ったのである。

その方針がちょっとゆらいだのは、或る日私が夫のベッドの枕許に置いてあった小さな書類箪笥から、十二万円の現金を発見したことだった。

彼の死後、私はその中味を一気に捨ててしまえばよかったのだが、それさえも億劫《おっくう》でしなかったのは、入れてあるものが腐らない紙類ばかりであることを知っていたからだった。冷蔵庫の野菜室だったら、私はすぐに中を整理して、野菜スープを作ったに違いないのである。

夫が書類箪笥の中に十二万円を隠したまま死んだ経緯を私はわからないではなかった。夫に言わせると、私には夫の財布の中味を時々抜く悪癖があるのだという。知らぬ間に、お財布が空になっているのを、出かける直前に気づいた場合に備えて、夫は隠し金を用意していたのだ。それが運命のカラクリで私の手許に渡ってしまった。

「オレが汗水垂らして稼いだ金だ。いい加減なことに使われてたまるか」

と彼が言い出しそうだったので、なおさら私はその十二万円のお札をポケットに入れたまま、もし夫が生きていたら顔をしかめるようなことに使いたいと考え始めていた。それが私より早く死んでしまった夫へのイヤガラセにもなりそうだった。

我が家には、主婦代わりのイウカさんと、日替わりで出て来る秘書三人がいる。つまり毎日三人も人手はいらないのだが、いずれももう何十年も前に秘書として来てくれて、今は主婦が本業である彼女たちが、日替わりの出勤日を決めて出て来てくれているのは、彼女たちが「お嫁に行ってしまう」のをきっかけに彼女たちと縁が切れてしまうのを死んだ夫も好まなかったからである。発見された夫のへそくりでその人たちにフランス料理をおごれば、夫は舌うちしながら、まあ喜んでくれるだろう。

その間、私はポケットの中で十二万円の紙幣を時々握りしめていた。その午後、私はたまたま近くのホームセンターの前を通りかかり、ペット売り場で三匹の仔猫が売られているのを見た。

一匹は黒い仔で、夜など箪笥の陰に入ったら見つかりそうにない。もう一匹は――今は記憶も薄れかけているのだが、――少し毛の長い外国産の血を思わせる仔だった。そして三匹目がどこにでもいそうな白地にキナコ色の毛の混じった仔だった。その仔は赤ん坊というより、完全な仔猫に近く、私はすぐ売り場の人にその仔の値段を尋ねた。

驚いたことにその仔は夫の残した十二万円よりも高かったのである。おむ

すび形の頭の両耳がへたりと折れているのだけが特徴で、他は日本のどこにでもいそうな外見である。

私は素早く、ハンドバッグの中のお財布の中味を見た。そしてへそくりの十二万円と足せば、それでどうやらその仔猫が買えるのだということがわかった。

後でその時の心理を、私は「フランス料理が仔猫に化けた」と感じた、と他人に話している。そもそも私の家には、「まともに、まじめな態度で」猫を飼ったという歴史がない。従って猫を飼うに当たっての知識もろくにない。心や物の用意もない。

しかし私はハンドバッグの中のお金をかき集めて、店員に渡し、その仔を連れて帰ることになった。店員は耳にダニがいるので、きれいにしてから渡したいと言ったが、私は「こちらで治療しますから」と頑強に連れて帰ることにした。人間の子を養子にする時を考えたらいいのだ。耳だれが治ってかならもらって帰りますなどという養い親は信用できない。

店員は仔猫を箱に入れてくれた。メロンの箱ともお骨箱とも似ていたが、とにかく仔猫は中で暴れていた。「閉所恐怖なんだ」と私は思った。私自身が閉所恐怖症なので、その焦りはよくわかった。

私は車の助手席に座ると、すぐ箱の中から仔猫を出して抱くことにした。車の中を逃げ回るかと思ったが、意外と私に抱かれると、彼はおとなしくなっていた。恐らくこの時間が彼の生涯にとって最大の危機だったろう。境遇は激変する。身辺にいる人も交替した。何が起こるのか、誰を信用していいのかわからない。しかしその不安と危機を彼はけなげに耐えた。

彼は私の体温の範囲内にいた。そしてその時から多分、私は「猫のお母さん」になったのだ。

3 小さくて、汚い耳

六月九日。その日私は日記に書いている。

「直助《なおすけ》来る」

しかし事実は、数日間はこの仔猫は「名なし」であった。私は彼の生活環境を整えるのにせいいっぱいで、とても名前まで気が回らなかった。家の中のどこに寝床用の籠を置いたら彼が一番気にいるのか、餌は朝と夜と二回でいいのだろうか、どれくらいの量を与えたら適切なのか、全くわからなかった。ただ餌だけは、彼が売られていたホームセンターで、彼が食べていたのと同じブランドのものを買って来てあった。

私はこの仔猫の体重だけ量った。たった六百五十グラムしかない。

私が肉屋で買って来る肉は一包み五百グラムずつが多いから、私にはその重さの感覚が身についている。つまり直助は我が家がいつも貰うことに決めているシチュー用のバラ肉の切り落とし一回分くらいの大きさしかなかったのである。

しかしバラ肉と全く違うのは、それが温かくて動いていることだった。通って来る秘書も動物好きで、三カ月ほどは、小さなノートに直助の記録をつけてくれている。

家に来て三日目の仔猫は、家中をギャロップし、私の顔にまともにくしゃみをはきかけるまでに生活に馴れた。当時は体重が十グラム増えるのに、六日かかっている。我が家を自分の家と心得るようになるまでにやはり約十日。ひいていた風邪も治り、目脂《めやに》が出て鼻もくしゃみばっかりだったのが治ったのもその頃である。その時期に多分仔猫は過去を忘れたのだ。そして私の家を我が家と思い、次第に「凶暴」になった。ライオンの仔のように見える時もあった。

彼が売られていた店から持ち越したのは、耳の中のダニであった。「耳垢《あか》がついている」と私たちは思ったのだが、動物病院ではそれはダニだと教えられた。特に痒《かゆ》がりもしないが、汚い耳である。そんなところに親から離された仔の悲哀が残っているようだった。

直助は家中を走り回り、我が家に来てからちょうど一カ月目には、二階への階段から数段落ちるほど活発になった。

その頃から「無邪気なおじゃま」もするようになった。私がコンピューターを開いたままうっかり席を立つと、その間にキーボードの上を駆け回り、一つの文字で書きかけの原稿をめちゃくちゃにすることもあった。仔猫でもキーボードの上を駆け回って悪戯《いたずら》の痕跡を残すことは楽しいらしい。

と同時に彼は高い所や狭い道を歩くのを好むという猫らしさをはっきり見せるようになった。世間には猫のために天井近くに細い道を作ってやる親切な飼い主もいるらしいが、私はそんな面倒なことを一切する気にはならない。しかし彼は自分でそれに類似する場所を見つけ出した。二台のコンピューターとプリンター、ちょっとした会社並みに参考書類を入れてあるスチールの棚、電話類のおいてあるテーブルなどを天然の要塞に見立てて、そこを渡り歩く。体重も一・五五キロまでに順調に増えた。しかし耳のダニはまだ取りきれない。

六月の初めにうちに来て約二カ月。直助は客間の障子を盛大に破いた。私の家は古い日本家屋なので、お客さまをお通しする洋室にも障子が使われている。それに爪を立てて障子紙を破るという快感を覚えた。

私はあまり神経質な性格ではなかった。貼りかえる間もなく、お客があって「この家には幼児もいないのだろうに、どうして障子がびりびりなのだろう」と思ったとしても、それとなく仔猫が来た話をすればいい。むしろ老人家庭の淋《さび》しさは障子が破れていないことだと思っているから、直助が何をしでかしても腹は立たなかった。

うちへ来て三カ月足らずの八月末に、直助は二キロ弱まで大きくなった。しかし一度も声を立てたことがない。

「この仔は唖《おし》なのかなあ」

と私は思い、台所で軽く尻尾《しっぽ》を踏んでみた。すると糸のように細い声で「ミュー」と啼《な》いた。

3　小さくて、汚い耳

「声は出るんだ。よかったねえ」

と私は抱き上げて喜んだ。

恥ずかしい話だが、私は東京に帰って来てからもまだずっと「こんな平凡な猫に高いお金を払ったなんて人には言えない」と思っていた。私はもっと簡単に、捨て猫をご近所から「拉致《らち》」する手がある、と思っていたのだ。私の若い頃は、私の家の周りにはまだノラ猫がいくらでもいたし、鼠《ねずみ》みたいな小さな仔猫をいきなり私の鼻の先に突きつけて「この仔、今さっき拾って来たんだけど、おばさんもらってくれない?」と言う近所の小学生もいたのだ。彼はかわいさに仔猫を拾ったが「こんな猫、うちでは飼えないからね。拾ってきちゃだめよ。元いたところに返してきなさい」などとお母さんに言われたのかもしれない。

しかしそれさえも私の甘い予測だった。当節、ノラ猫の産んだ仔猫など、その辺にいないのである。ノラ猫自体、目に映ることがない。日本全体の猫（人）口がきちんと登録されたわけではないだろうが、昔のように植え込みの下をのっそりと歩くノラ猫のことが食事の度に家族の話題に持ち出され、「新人がまた増えたのよ」ということもなくなった。犬と猫の動静がこれほどによく登録されていた時代は今までになかった。しかしそれは少し淋しいことでもあった。

この世には、人間の眼の及ばない生の世界があってもいい。ノラ猫の勢力争い、池の金魚が猫に取られた、蟬《せみ》の数の増減、蟻の巣の分布状況などが、変化して当然なのである。しかしそういう濃厚な自然がこの頃、次第に希薄になりつつある。そうなると大地が薄っぺらになったような気がして、私は何となく淋しいどころか憂鬱《ゆううつ》になるのである。

4

白い仔を抱き上げながら

「猫は一匹だけで飼わない方がいいよ。二匹以上の方がいいよ」

と忠告してくれた人は何人かいた。それはそうだろう。猫にしてみたら、

私だって不気味な巨人だ。そんな動物（私）に抱き上げられたら、体中で緊張する。やはり同じように縫いぐるみみたいな柔らかくて温かい相棒が傍《かたわ》らに寝そべってくれていた方がいいに違いない。

そう思ったのは、しかしずっと後のことである。私は猫の幸福のことなん

か考えていなかった。一緒に暮らしている人間の幸福だってわからないという実感があるのだから、猫の気持ちなどわかるわけがない。ただ充分な餌を常にボウルに入れておき、清潔な飲み水を切らさないようにする。嘘かほんとうかわからないのだが、猫は腎臓が弱いので、いつも飲み水を充分に飲ませなければならないのだそうだ。そして家の中を自由に歩き回らせる。私は猫のために天井に近い高い所に、お散歩道を作るようなサービス精神は持ち合わせなかったから、せめて家の中の家具を利用して、上下運動をさせようと思っていた。私は自分を含めて家人の生活全般に質素だったので、そのついでに猫も甘やかそうとは思わなかったのである。

しかし或る日、私は中原《なかはら》街道に面した店で、ケージに入っている白い長毛の仔猫を見た。外見はかなり違うが、直助と同じスコティッシュフォールドで、三十万円と書いてある。

前にも書いたように、私は猫について全く無知だったので、猫の種類もほんの僅《わず》かしか知らなかった。犬なら少し知っている。シェパード、ドーベルマン、チワワ、フォックステリア、コリーという具合で、十種類くらいなら言える。しかし猫になると、区別する言葉も極端に貧弱だった。

直助は基本的に白い毛の所々に赤味がかった茶の部分がある。こういうのを「ぶち」というのだろう。ぶちは「斑」と書くのだ、と私は久しぶりに思い出した。どこにでもいそうな平凡な猫である。

今目の前にいる猫は、純白に近い。店では「真っ白な毛の猫」として売るつもりだろうが、厳密に言えば、尻尾にもお尻のところにも、何やら泥色をした妖《あや》しげな色が混じっている。

だから安い、とは思わなかった。こんな平凡な猫に、三十万円も払わなければならないとは何ということだ、恥ずかしくて人にも言えない。しかしそれならばもっと安い値段か、前のようにタダで仔猫をくれそうな人はいるか、と言うと、私には全く心当たりがなかった。後でわかったことだが、今、一応出生証明書付きの犬猫を業者から買うと、時には百万円に近い値段になる、というのである。

私には血統書付きの猫など、全く不必要だった。ペットの見かけなんか、不器量の方がかわいい時もある。すべて生命力の強いものは雑種である、とさえ思い込んでいる。そんなもろもろの心理的な事情があって、私は仔猫のケージの前でただ眺めていた。大体私は服だってハンドバッグだって三十万円もする物は買ったことがないから、少し戸惑っていたのは本当だ。すべて物には、それに相応の値段というものがあるべきで、どんなにおいしいお豆腐だって、私は一丁千円のお豆腐は一生に一度も食べなくていい。

その日、私には同行者がいた。私の生活をよく知っている人だが、もしかすると私は夫の死後、生活を少し変えるべきだと思っているのかもしれない人であった。

私が猫を眺めながら、ぼんやりしていると、その人は言った。

「買って帰ったらどうですか。直助にとっても賑《にぎ》やかになるし」

そうだ。誰かも言っていた。猫は二匹以上で飼う方がいいのだ。しかし……私は今、お金の持ち合わせはあるだろうか。私は目立たないように、ハンドバッグの中を探った。よくやることなのだが、少し運命論者になっていた。もしお金が足りなければ、それは買わない方がいい、ということなのだ。お金があれば……買ってごらん、ということになる。

小銭入れの中味までを入れると、どうにかお金は足りそうだった。私はレジの方に向かい、店員の一人を伴って猫のケージに戻った。

後で「猫の飼い方」の本を読むと、私はもっと用意をしてから二匹目を迎

4　白い仔を抱き上げながら

えるべきだったのだ。つまり餌と水の容器も新しく来た仔猫のために、別に用意する。ウンチ用の砂箱も同じ、という具合だ。

しかし私はそれらを何一つ用意しないうちに、白い長毛の仔を台所の床に置いてしまった。すると彼女は一直線に直助用の餌の容器に突進し、がつがつと食べ出した。直助はどうするだろう、と思って見ていると、直助は新参の白い仔猫をじっと見ていた。しかし表情に怒りや闘争の色はなかった。

その日の、新参の仔猫の餌の食べ方はすさまじかった。

「この仔がお店でも食べてたブランドのカリカリ餌を買って来たから、味の好みが合ったのね」

と、私は解説的に言ったが、白い仔猫の食欲はどうもそれだけでは説明がつかないようだった。つまりケージに入れられて売り物になっている間、ずっと「お腹いっぱいになったことがない」ような感じだったのである。そうだろう。仔猫は小型の方がかわいくて売りやすいに決まっているから、余分な餌は与えない方がいい。それに店にすれば餌は経費だから、安上がりにしたいに決まっている。彼女はブリーダーの手を離れて売りに出されてからは、好きなだけたらふく食べたことはなかったのであろう。うちに来て「よかったよかった」と、私は白い仔を抱き上げながら言った。

5

特別なことはしてはならない

猫というものは、実に表現力豊かなものだ、と間もなく私は覚《さと》るようになった。驚いたことに「義理」まで知っているのである。「ペットを寝床に入れたりしてはいけません」と言うに違いない亡母の記憶は、私の中でまだあまり希薄になっていないのだが、我が家の白の猫の雪《ゆき》ちゃんは、毎晩宵《よい》のうちに、必ず一度は私の蒲団《ふとん》に入って来る。自分から来たい、と思っているようでもあり、義理で、仕方なく今日のご挨拶《あいさつ》をしに来ているようでもある。

亡くなった私の母は異常なくらい清潔な人であった。それに反して私の中には、「今は誰も私の行動を取り締まる人なんかいないんだから勝手にすればいいや」という一種の幼稚な解放感が時々鬩《せめ》ぎ合うので、私は猫がベッドに上るのも許していたのだが、このだらしない関係が毎晩眠りに落ちる前、雪ちゃんが私の耳許で短時間眠るという習慣になったのである。

眠る前、私は足許においたテレビを見ながら、朝一度は読んだはずの新聞をもう一度読み直したりしている。読み残していたって大して問題でもない記事を拾い上げて読む時間が、私の心理の細部の休息になっていた。

私は仰向《あおむ》きに寝たまま、新聞を拡げて読む。しばらくすると、その新聞の裾《すそ》を音もなく持ち上げて入ってくるお化けのような気配がする。それが雪ちゃんなのである。

雪ちゃんにすれば、新聞という奇妙な壁の向こうに隠れている誰かがいる。お母さんだとは思うが、顔を見るまでは信用できない。だから毎晩ベッドに飛び乗って、その人物を確かめる作業をしなければならないのだ。

猫は二匹いた方がいいよと教えてくれたのは誰だったか覚えていないのだが、二人くらいの「猫通」だったように思う。初め私は何のことかよくわからなかった。お婆さんなら、「一人より二人集めてお茶飲ましといた方がいいよ。嫁のワルクチをいうのも、元気が出るからね」という世間話になるだろうが、猫は二匹集まると何をするのだろう。

頭数が増えても、事実少しも苦労にはならなかった。現実が予測と違ったのは「猫の本が教える通りに準備しなくていい」ということだけである。

どういう項目かと言うと、複数の猫には、その頭数だけの寝床、餌入れ、水飲み用の容器を用意する、と書いてあった本もあったのだが、これは全く不要なものだった。

直助という牡の仔が威張っている台所に、後から来た白い長毛の牝の雪ちゃんをおいた時、ペットショップで飢えていたらしい新入りの仔は、真っ先に直助用の餌入れに突進してがつがつ食べ始めた。私は直助が怒って侵入者を追い払うだろう、と思っていたのだが、直助は数メートル離れたところからじっとそれを見ているだけだった。その表情は「呆《あき》れて見ている」という感じだった。餌が少なかったりすれば、それで二匹の間に争いも起きたのだろうが、直助は「餌持ち喧嘩《けんか》せず」という態度だったから、それで雪ちゃんはすんなりと猫社会に入った。

私の「配慮」とでもいうべきものは、すべて的はずれだった。私は彼らの寝床として大ぶりの笊《ざる》やバスケットにそれぞれ毛布やタオルを入れておいてやったのだが、この二匹はそこに寄りつきもしなかっただけでなく、私が考える「みじめったらしい空間」をわざと選んで、夜を過ごしているように見えた。

我が家の台所の床は、私でない管理者がピカピカに磨いておいてくれているから不潔ではないのだが、廊下の電話機の棚の奥とか、観葉植物の鉢の間とか、人間が考えると寒々しく埃《ほこり》の溜まり場のような所を選んで寝るのである。長毛の雪ちゃんは一見ペットとして充分な外見を備えていた。顔立ち（ことに横顔）にいささか問題はあるが、白い長毛なので、尻尾も襟巻《えりま》きにしたいほど見事である。

飼い主が美女で、この猫を抱いていれば絵になる。しかし世の中すべて計算通りにはならないものであった。雪ちゃんは、抱かれるのが何より嫌いなのである。ペットショップでもそんな性格には触れていないから、普通の家庭で飼われることになったら、随分と情緒のない猫だということになったろう。

しかし私はなぜか猫の気持ちがわかった。猫は生まれた時から、季節にかかわらず毛皮を着ているのだ。だから大体において、充分保温ができている。「猫は炬燵《こたつ》で丸くなる」という昔からの歌は原則合っているが、猫には温かい人間の体温に触れていたいという気分もあまりなく、犬のようには雪の庭を駆け回る習慣もないように作られているのだ。

直助が家に来た冬から、我が家では床暖房が略々《ほぼほぼ》完備した。略々というのは、私の家は半世紀前に建てた古家で、床暖房にするには改めてすべての部屋の床板を剝《は》がさねばならない。それでも夫は死ぬ年に、「来年は一部でも床暖房にしよう」と言って、その計画を大体決めて行ってくれた。改築をするのは、食堂などを含む二十四、五畳のフローリングの部屋と書斎部分だけである。

夫が亡くなっても、私は改築の予定はそのままに進めた。私は昔、リン・

ケインという女性の書いた『未亡人』という本を訳したことがあって、そこには今でも忘れない幾つかの戒めがあった。それは夫の死後、暫《しばら》くの間、残された家族、とりわけ未亡人は、日常的でない特別なことは何もしてはならない、ということだった。

未亡人は深く疲れている。だから夫の死後は、今のまま何も変わらない生活を細々と続けて、まず体を休めることが必要だというのである。これは誰にとっても当てはまる知恵のように思えた。人は疲労した体と心では、人間らしい思考もできない。夫の死後、多くの妻は疲れを溜めている。看病、葬式、財産分与のための届け、親戚とのやり取り、馴れない書類もたくさん作らねばならなかった。借金や隠し子を残して死んだ夫もいるかもしれない。そんな問題は一切なくて、未亡人が俄《にわ》かに自分の自由になるお金を手にしたとしても、転居だの増築だのすると、その異常な興奮状態が結局はひどい疲

5　特別なことはしてはならない

労や失敗や病気を招く。それが一人暮らしをすることになる未亡人の将来に悪い影響を残すのだと、その本は教えていた。

6
秀才であろうと、鈍才であろうと

前にも書いたのだが、我が家に二匹いる猫のうち、最初にやって来た直助という牡の仔は、死んだ夫のへそくりの十二万円を私が発見して買ったのである。お金の使い道は決まらないまま、二つ折りにしたお札をスラックスのポケットに入れて歩いているうちに、ある日私は、地方のホームセンターが、野菜だけでなく猫も売っているのを見てびっくりしてしまった。初めはこのへそくりで、秘書たちと普段は決して行かない少し高級なフランス料理店にでも行こうと思っていたのだが、仔猫を見たとたん、フランス料理のことは頭から消えた。

何でこんな平凡な猫がそんなに高いのか私にはわからなかったが、それでもその猫はその年流行したスコティッシュフォールドという種だったのだ。長毛でもなく、ただ両耳がへたりと折れているだけだが、猫にもその年の流行があるのだということを、私は初めて知ったのである。

昔、子供だった時、私たちは猫の絵を描こうとすれば、まず二つの山形を並べたような耳の位置を図画用紙の上で決めたものだ。しかし最近では猫にも、耳のつぶれているのがいるというのだ。それはつまり人間の「鼻ぺちゃ」と同じで、一種の不器量かと思っていたのだ。しかし折り目正しいスコティッシュフォールドは、必ず耳がへたりと折れていなければならないのだ、という。

だから「血統書付きの猫なんていやなんだ」と私は口に出しては言わなかった。そんなことを言ったら、せっかくうちに来た直助がかわいそうだ。人間だって猫だって「そういうふうに生まれて来たくて生まれた」個体は一人も一匹もいないのだし、あらゆるペットも人間も、心から招かれて、この家に来たわけでもない。もちろん子供のほしい夫婦の許に、待たれるようにして子供は生まれ、次にペットを飼うことを許された子供は、眼を輝かせて、新しく家族の一員になったペットのぬくもりを胸に感じて抱いている。しかし誰も「その子」が家に来ることを、指定することはできない。赤ん坊でもペットでも、うちへ来た時に、「その子」は「うちの子」になったのだ。

何を考えたのか、人間は両耳がぴんと立った猫の耳をへたりと折ることを考えた。すると猫の顔は、楕円形のおむすびみたいになる。その方がおっかなくない、と感じたのだろう。猫が強くなると虎《とら》になるからである。

書物による知識ではなく、私が物知りと言われる人に聞いてみたところでは、こういう一種の「人工的に創出された猫」は種として安定するまでに何百年もかかったというのだ。

へたれ耳を創るのに何百年？　何とまあ人間というものは物好きな連中なのだろう。

しかし巨木になるはずの松や杉を、姿はそのまま高さ五十センチだか一メートルだかの盆栽にしたてるのだって、同じような情熱だろう。人間という動物は、実に怠惰《たいだ》でもあるのだ。樹齢何百年もの古い巨木は、それが生えている土地に行って見るのが原則なのに、その光景を盆栽におさめて手許で見ようとする。私はそれをしない、と心に留めている。自分が出向いて行って「拝見」することのできないものは、この世で見ることを諦めればいいのだ。それが礼儀というものだろう。

しかしこの頃、年をとったせいか、私は自分がどうにもできない世界については、深く憎しみもせず、問題が解決しないからと言って腹を立てもしなくなった。世界や地球というものは、初めから矛盾だらけなのだ。しかしその解決できない問題の故に強く、深く悩みもしない人もいるということをわからない人もいる。理由は簡単だ。個々の矛盾に、人間は丁寧に相手をしていられないからなのだ。つまり放っておくのだ。すると人間の浅知恵で、解決しようとした場合より、はるかに穏《おだ》やかで円満な方法で問題がなくなっている場合が多い。

そういう突き放され方をして、人間は円満な性格になって行く。そして若い時、学生としては秀才であった人も、彼の「脳味噌」の働きでは、実は何ら解決にならないことがあまりに世の中には多いことを知ると、次第に無駄働きをしなくなって余計なことに口を出さなくなる。中央官庁の役所に行って部屋割りを見ると、仕事の細分化がみごとに行われているのに感心するだろう。その背後には、こういう機能の現実が理解されているのだ。

というより細分化でもしなければ、多分一つの目的さえうまく果たされないのだ。

一人の人間は、秀才であろうと鈍才であろうと、一生にできる仕事の量は、それほど違わないのではないかと思われる。仕事の差を生むのは、一人の人間がそのことにかかわった絶対時間の違いだけであろう。時間当たりよく働く人か、それとも怠《なま》ける者かの差はあまりなくて、三十歳で早死にする勤勉な人より、最近では六十歳すぎの停年まで気楽に働く人の方が、はるかに多くの仕事をこなして死ぬのではないかと思われる。

直助は静かな猫であった。抱かれると胡桃《くるみ》のように丸い大きな眼で、じっと私を見つめ返すだけだ。実は私は最初の一、二カ月の間、彼のことを先天

6　秀才であろうと、鈍才であろうと

的に声の出ない猫ではないかと思っていたのだ。そしてそれが私の悪いところなのだが、この疑問が何十日か続いたあと、私は思い切って或る時、彼の尻尾をスリッパ越しに軽く踏んでみたのだ。すると直助は「ミュー」と啼いた。「ニャヤオ」ではなく細い細い声の「ミュー」であった。「啼いた、啼いた」と私は抱き上げながら頬ずりした。もう「売り場で売られている猫じゃないんだから、啼いていいいんだよ」と私は腕の中の直助に言った。

7
猫と鼠

突然思い出したのだが、昔、猫は鼠退治の目的で飼われていた。猫にも当時は光栄ある仕事があったのだ。

二十年ほど前、我が家で飼われていたノラ猫出身の飼い猫も、一度だけ得意そうに灰色の塊《かたまり》をくわえて持って来たことがある。鼠かと思ったら、雀《すずめ》だった。気の毒なことに、ここ二十年ほど、私は我が家の周囲にドブ鼠を見たことがない。

その後のことだが、銀座でドブ鼠を見た。私はその頃足の裏にできるマメに悩んでいた。削っても削っても梅干し大のマメができる。自分で削ると硬い皮を深く取りすぎて、傷が膿《う》むこともあった。仕方なく銀座で開業しておられた知人の形成外科のドクターのもとに、時々通うことにした。毎回「こんな下らない処置をして頂きまして」と謝っていたが、さすがに外科医の手当ての後ではマメが肥大化するのも遅かったし、ましてや傷跡が膿むこともなかった。

そんな或る日、ドクターの診察室のあるビルの前で巨大なドブ鼠を見た。銀座の外科医のいるビルの前には、いつも手相見のおじさんがいた。いつか見てもらいたいなあ、と思いながら私にはそのきっかけがなかった。私の夫は、親戚や知人が姓名判断や手相を見てもらうことを一度も非難したことはなかったが、私たち自身は一応クリスチャンだったので、そういう土俗的なことにはかかわらない方がいいと思っていたようであった。そのために、私は実は興味津々《しんしん》だった占いをしてもらう機会も失っていたのである。

或る日、夫が非常に好意を持っている友人が、有名な易者を呼んで、占いをしてもらう会に、私たち夫婦も招かれたことがあった。私はちょうど五十歳で、後極白内障《こうきょくはくないしょう》と呼ばれる視力障害の出る病気がかなり深刻になっている時だった。生まれつきの強度近視の私の眼は、網膜の状態も悪かったので、手術を受けても、予後は必ずしも楽観できないと言われていた。もし手術の結果が悪い方に出ると、私は生涯本も読めず、もちろん執筆活動もできず、最悪の場合は光も感じられない全盲になることも予測されるという状態だった。

既に書くことも読むこともできなくなっていた私を、知人が「有名な易者を囲む会」に特別に呼んでくれたのである。それは好意であることには間違いなかった。まず私は自分の視力の将来に深い畏《おそ》れを持っていた。普段使っている電車なら、私はまだどうやら一人で乗ることができたが、バスの行先を示す大きな番号も読めなくなっていたので、自由に外出することもほとんどなくなっていたのである。それなのにその時に限って、夫は友人の好意を知りつつ、私がその会に出席することを許さなかった。私の精神が不安定なために、占いを「楽しむ」心理にないから、というのである。

考えてみれば、人間は自分に与えられた運命を受け入れるほかはない。望むように針路を変えようとか、降って湧いて来るような悲運の火の粉を何とか事前に振り払おうとしても、避けきれるものではないからである。

銀座のドブ鼠を、私は瞬間、猫だと思ったのだ。その動物が手相見のおじさんの台の下に逃げ込むのを、私は呆気《あっけ》に取られて眺め、彼と眼を合わせると、思わず言い訳をするように言った。

「あなたの飼い猫だとは思いませんでした」

手相見は苦笑いを泛《う》かべながら言った。

「あれはあなた、鼠ですよ」

銀座の鼠が猫サイズだということは、週刊誌でも読んでいたのだから、別に恥じる必要はなかったのだが、私は自分の安易な正邪の感覚を相手に見通されたような気がした。

なぜか猫と鼠の関係の時だけ、人間は正邪の感覚を持ち出す。強者と弱者と言ってもいいのかもしれない。

二者の関係が固定していて、猫は常に鼠を追いかけ鼠は猫に食べられるという常識が固定されているからいけないのだ。世の中には意外性というものも存在する。何事にも安心してはいけないのだ。

例外は別として金持ちはあまり金を使わない。作家が金持ちになるのは、ほとんど本がベストセラーになった時である。つまりかなり急激に成金になるわけだ。だから金持ちぶりも板につかないし、長年の友人たちもその扱いに馴れない。成金にたかるという心理は知っているのだが、たかり方もたかられ方もやぼったい。明治以来、◯◯様と呼ばれて来たような財閥育ちの人とその周囲なら、誰もが金持ちの御曹司に金を出させるこつを知っているのだが、急激に財力や権力を持った人は、当人も周囲も、金の使い方、使わせ方を知らない。ベストセラー作家の中には公然と「オレが金を使ったら金が減って金持ちじゃなくなるじゃないか」と言って割り勘以外に出さなかった人もいたが、これなど例外的に爽《さわ》やかな人だ。

正直なところ、私は今までにただ一人も「ああ、あの人はうまい金の使い方を知っていたなあ」と思えた日本人に会ったことがない。もっともうまい金の使い方というものはすべて地味なものだから、その使い方は他人に見え

7　猫と鼠

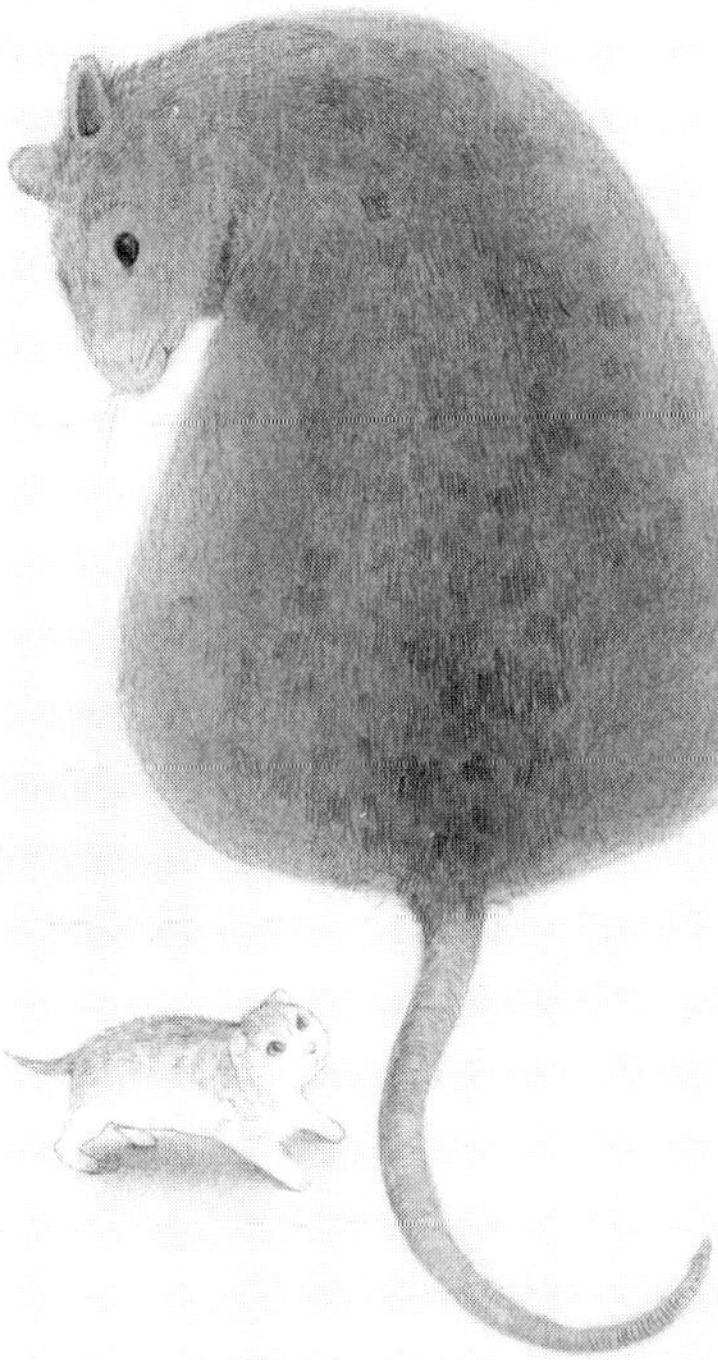

ない場合が多いのである。

むりに思い出せば、もう数十年前、私はローマで、聖ペテロ大聖堂の主祭壇の傍らに立っていた。長崎出身の日本人神父が、私の傍《そば》で小声で説明してくれていた。

その時、一人の小柄な女性が、お参りに入って来た。やや古めかしい毛皮のコートを着て、髪をスカーフで覆い（髪を覆うことはカトリック教会内に入る時の女性のごく普通の礼儀である）、特に目立つ人物ではなかった。

しかし神学生時代から長年ローマに留学したこともある神父は、私に囁《ささや》いた。

「あの人は最近自分の全財産を貧しい人のために差し出して、今は全くただ質素に、食べられるだけの暮らしをしているんですよ」

8

血統書付き

数年前からのことだが、私の家の傍にペット用品を売る店ができた。ペットそのものを売っているのかどうか、店の中に入ったことのない私は知らない。しかし始終しゃれた「お洋服」を着た犬を連れた人がそのお店のあたりを歩いている。

現在のところ、うちにも二匹の猫、つまりペットがいるのだが、うちの猫は着のみ着のままだ。長靴どころか、家へ来た時は、飼い主（つまり私）が数日間、首輪さえ用意してやらず、ありあわせの紐が結ばれていた。見るに見かねた秘書が、世間に通用する程度の首輪を買って来てくれた。

私は本性もケチだが、二次的な生活も質素を旨とするようになった。その方が、生活の基本が簡単なのである。物が多いと部屋の掃除が難しいのと同じ原則だ。

私がそういう生活感覚を持ったのは、恐らく十三歳の時、終戦を迎えたせいだ。というか戦争中は食料も衣料も日用品もすべてが不足していたので、自然に質素でも生きていけるということを実感として感じたからだろう。

生きるということには、すべて基本がある。食事で言うと、主食とおかずである。終戦の時には十三歳だった私が、学校から帰って寝るまでに、大振りのお茶碗で五杯はご飯を食べた。お菓子というものがなかったからだ。お餅だと五切れは平気だった。おかずもあまりなかったから、本気で主食を食べた。今の人間は私をも含めて、ふざけた食べ方をしている。おかずを充分に食べて、主食の量を減らしている。

犬でも人間でも基本は生きるということなのである。最近あちらでもこちらでも生活が贅沢《ぜいたく》になって、日本がアメリカに負けた第二次世界大戦以前の暮らしの俤《おもかげ》をとどめなくなったから、ここに少しだけ書いておくことにする。

戦前には、ドッグフードとかキャットフードなどというものはなかった。そんなものは世間に存在しなかったのである。人間もペットも、庶民の家では原則ご飯を食べていた。犬猫用にはご飯の残りに、お鍋の底に残っていた味噌汁をかける。夕食のおかずが、イワシの煮つけだと、食べ残しの頭や骨があり、お鍋には煮汁も残っている。それらのものを残りご飯にかけたものが、犬や猫のご飯である。犬猫だけではなく、濃い煮汁をかけたご飯は私たち子供も好きなのである。

犬猫に、塩分の入ったご飯を食べさせるのは健康に悪いなどとは考えもしない時代である。人間も、塩からい僅かなおかずでご飯を何杯でも食べた。いい食事、悪い食事の観念は、通俗的に言うと、お金のかかったおかずがどちらかというと贅沢で悪い食事、と思っている人が多かった。庶民が栄養学とは無縁だった時代は、そんなものだったのである。

そもそも、ペットショップで高価な犬猫を買って来るという話も昔は聞いたことがない。庶民が犬猫を買う（飼う）時は、普通どこからかもらって来るのである。もちろん血統書付きの、秋田犬だの土佐犬などはいただろうし、ヨーロッパから輸入したエキゾティックな犬種も時々は見かけた。

私の住んでいる町に、ボルゾイを飼っている人がいて、散歩の時ちらと姿を見かけることもあった。すてきだなあ、あの姿がたまらない、高貴だなあと私は憧れて見ていたが、私の家では、誰一人そういう趣味を実現しそうな人はいなかった。

夫は、かなり長い間大学の先生をしていたので、教え子という人はたくさんいた。そのうちの一人が、「先生、よろしかったら近く血統書付きの秋田犬をさしあげます」というので、私はすっかり当てにしていた。

秋田犬らしい犬は間もなく連れて来られた。私は嬉しくてたまらず、書斎の窓のすぐ下の空間に、彼の小屋を置いた。喜怒哀楽を表情に出す犬で、喜ぶとすぐにオシッコを洩《も》らした。血統のいい犬とは思えなかったが、それでも充分にかわいかった。しかしこの犬はほとんど毎日のように現れる某社の編集者の顔を少しも覚えなかった。

私の本を一冊作ってもらうことになり、完成に近い追い込みの頃になると、まだファックスなどというものもなかった時代だったから、この編集者は、三日か四日に一度は我が家に現れていたのである。優しい人だから、犬の名を呼び頭も撫《な》でてくれる。犬はオシッコをちびるほど全身で喜んでいるのに、いつまでもお馴染《なじ》みの人の顔も声も覚えずに、その人が現れる度に吠《ほ》えまくる。遂にその人は、「お前はなあ、東京一バカな犬だ」と言うようになった。犬がつながれていたのは、私の書斎の窓のすぐ外だから、よく聞こえるのである。

何にせよ、東京一なら大したものだ、と私は思った。

日本一にはならなくても、せめて東京一になれば、自慢話の種になる。

さまざまな理由と偶然によって、我が家には今まで一度も、名実共に血統がいいペットが来たことはなかった。どうしてだろう、と思う。

その理由を少し本気で考えてみると、かなり私小説的背景が浮かびあがる。

8　血統書付き

私にはかなり大人数の従兄弟《いとこ》たちがいたが、その中で気が合うのは、たった一人、七歳年上の従兄だけだった。彼も、私のどの点で話が合うと感じてくれたのかわからないが、従兄弟たちの中で最も仲良くしてくれた。彼は学校秀才ではなく、入学試験にはいつも失敗していたらしいが、彼の継母が一生懸命にそれこそ裏口入学的なつてまで頼って彼を某私立大に入れた。

学校秀才ではなかったが、「いとこたち」の中でこの従兄がたった一人、人生を語れる人だった。いつの間にか私は、素質や学歴のいい人はおもしろくない、という思い込みができたようだ。犬や猫についても同じだろう、と私は考えたに違いない。

9 ノラ根性

私はそれまで犬しか飼ったことがなかったが、飼い犬に対する処遇も、昔は単純なものであった。

血統書付きの小型犬を飼っている人など、あまり見かけたことがない。普通の家庭では、秋田犬の血が混ざっているのだろうと思われるトースト色の短毛の雑種の犬がいるのが普通で、その餌も人間のご飯の残りだった。

犬は原則、外で飼うもので、家の中で飼うような上等な血統の小型犬のことは「お座敷犬」という言い方をする人もいた。

私が初めてペットらしい小型犬を飼ってもらったのは、小学生の時で、父が私の誕生日に予告なしに連れて来てくれたものだった。父は気むずかしい人で、母も私もいつも父の機嫌《きげん》を損なうのを恐れていたが、この犬の一件のことを思うと、子供に甘い面も充分にあった人だったのだろう。

その時、連れて来た犬は、真っ黒い毛のスコッチテリアで、この年流行していた犬種だったと思う。私はそれにチロという名前をつけた。どうしてそうなったのか、全く記憶にない。名前から言うと牡だが、その頃読んでいた雑誌の漫画に出ていたキャラクターの名前かもしれない。私はまだ飼い犬の性別を意識して名前をつけるほどの年ではなかった。

私の家は昭和初期に父母が建てたものだったから、いささかの庭もあった。とにかく庭の一隅に犬小屋を置き、敷き藁を入れ、入り口は南向きにし、北西からの冷たい風が吹き込まないようにする。飼い主には、それくらいの知恵しかなかった。

　しかし、私の家では、どうしても犬が居つかなかった。病死するのでもない。植木屋さんが来て、ほんの数分庭木戸を開けたままにしたりしていると、そこから逃走して帰って来なかったのである。もちろん私はまだ子供で、母も他の家族も充分に可愛がったのに、である。飼い主としての基本的知識に欠けていたからであろう。そしてまた、当時は犬猫を飼う時、そんな専門的知識が必要とは、誰も思っていなかった。

　犬小屋の敷き藁はいつも充分に乾かし、残りご飯に残り味噌汁をかけてやればいい。時々そこに、煮つけた魚の骨や身が混ざれば充分と思っていたのだ。犬猫専用のビスケットとかドッグフードなどというものは、聞いたこともなかった。犬にビスケットをやる時は、私たち子供のおやつと同じものだった。だから後年、犬や猫の寝る前に「歯磨きをしてやりましょう」などと書いてある本を読んだ時には、びっくりしてしまったものだ。

犬に比べて、我が家は猫とは相性がよかった。最初に飼った猫だって、実はまともに飼ったとも言えない。いつも塀の上にいたノラ猫を徐々に手なずけた仲で、長い間名前がなかった。買って来たのでもなく、従って我が家の所有物とも言えないペットに名前をつけるのは図々しいような気さえしていたのだ。

当時健在だった夫は、しかしその猫を可愛がって、名前を聞かれると『ネコ』という名前です」と答えていた。お客さまが見えると、「ネコ」はドアが開いているうちに客間に滑り込み、何時間でもお客さまの足許で眠りこけていた。

当時から遠慮のない口をきく仲だった女性の知人は、

「或る日、お宅の玄関の前に、ひどい器量の猫がいるじゃない。ドアが開いたら、それが図々しく先に立って上がり込むから、きっと追い出されるだろうと思って見ていたら、堂々と台所に入って行って叱《しか》られもしないんだから驚いたわね。どうしてああいう、不細工な猫を飼う気になったの？」

と私に言った。

夫は、ノラ猫を飼い猫にする場合でも「東京一」器量の悪い猫を飼う趣味があった。自分が教えた昔の学生が犬をくれた時も「東京一」頭の悪い犬であったことを喜んでいた。私はもう半世紀以上も作家生活を続けているので、いつも連載をかかえているのだが、私の面倒をみてくれる係の編集者や記者たちが、一週間に二、三度の頻度で家に来てくれても（当時はまだファックスなどという便利なものがなかった時代だ）、この飼い犬は一向にその人の足音や気配を覚えない。そのくせ、お客さまに頭を撫でてもらったりすると、オシッコをちびるほど喜んで尻尾を振りまくるのである。

猫でも一見して毛の長さや色に気品を感じさせ、性格もおっとりしている個体もいる。しかし我が家の飼い猫になる運命を持った猫は、いつもその反対の極にいた。ノラにしてもひどい見た目だ、と思うような猫が我が家の飼い猫になったのである。

しかし夫によると、我が家で飼うことにした猫は、いつも頭のいい猫だった。毛皮の色の見端《みば》は悪くとも、奸智《かんち》に長《た》け、いつまでもノラ根性が脱《ぬ》けなかった。これは重大な素質だったのだ。

俄かに毎日ご飯の食べられる身分になっても、ノラ時代を忘れない態度こそ猫として立派だと夫は言うのである。「光あるうちに歩め」の精神で、「食えるうちに食え」の姿勢を失ったら人間でも猫でも生き延びることは難しい。

ことに、自分の才能の限度や出自を決して忘れない性格も大切だ。出世して偉くなったり、金持ちになったりすると、大学受験に何度か落ちたり、若い時代に下らないアルバイトにこき使われたりした屈辱の時代のことには触れたくもない、という性格の人は、どうも個としての厚みにも魅力にも欠け、付き合いたくない人物になる。

我が家の猫はその点、自然だった。今や餌はいつでもあるのに、目の前にご飯があればいつでもガツガツ食べる。寝姿が悪い。時には猫のくせに、万歳をしたまま仰向けになるあられもない恰好で寝ている。しかし猫に寝相の躾をする方法はわからないので、私は放置してある。

今どき、教育を受けたことのない人間はいないのだが、猫は学校に行っていないから、私から見れば、おもしろい生活を送っている。人間が学校へ入れなかったらどうなるか、を少し見せてくれるかもしれないからだ。

10 人間とは不自由な生き物

人間の家に飼われている犬や猫を通して、彼らの理解できる言語を探るという試みは、素人の動物好きの範囲から、学問に近い部分まで、かなり行われていると思われる。

私が猫も立派に言語がわかると思う最初の証拠は、お三時の頃、私が「お茶にしましょう」とか「おやつよ！」とか秘書たちに言うと、書類棚の陰やコンピューターの椅子の上で、その存在さえ感じさせないでいた猫共が、真っ先に台所に飛んで行くという現象からである。

彼らは別に私から、チョコレートの一かけらももらうではなかった。私は彼らには、猫餌しかやらない。従って彼らは猫餌しか食べたことがない。一年を通して、毎日食べるのはつまりキャットフードのビスケット状のものだけである。それなのに「お三時」「おやつ」なる時には、台所に集まるものだと知っている。涙が出そうになるほどいじらしい話だ。

時には、新鮮な生イワシの切り身や、ふわふわに削り立てのおかかなど食べたくないか、と私は思うが、一度そういう味を覚えると今の猫餌を食べなくなるからいけないのだ、と猫通や、猫ビジネスで儲《もう》けている人たちは言う。

何というかわいそうなことか！　と初め私はちょっと腹を立てたが、考えてみると人間だって同じだ。

私は冬になると、北九州の人たちが、東京者には味わえない妥当な値段とおいしさで、フグを食べていることに嫉妬《しっと》しているが、あの味を知るまでは、フグなんて危険なものを何で食べるんだろうと思っていた。私が外国人だったら、やはりフグは食べないだろう。キノコにせよフグにせよ、命を代償に食べねばならないほどの食物などこの世にはない、と理性が思うからだ。

この答えは今でも変わらない。さまざまなこの世の情熱があることはわかっているが、私の中で情熱の価値には差がある。有名な高い山に登る気持ちはわかるが、毒性を含むとされている食物を食べてみる情熱はわからない。登山の情熱と食欲とを比べることはできないのだが、どちらも生命にかかわる部分を持っている。登山もしなくていいものだし、或る特定の食物に関する執着も、断とうと思えば断てないことはない。

たかが食物で死にたくないという気持ちもある。山で死ぬなら、少しは他人に「死にがい」を理解してもらえそうな気がするのだ。しかし毒キノコやフグではダメだ。

すべては私の「見栄」の結果だろうか。他人に理解してもらうことを期待するなんていう甘さは、どう考えても愚かに思えるのだが、食物というものは、どこか基本的に愚かしく喜劇的な要素を持っているのも困ったことだ。

食物が理由で死ぬ時、人間はみな喜劇的になる。イモ、キノコ、ダイフク、酒、米の飯。ことに米の飯なんて喜劇的な食物どころか大まじめな食物の代表だが、それでも高血圧患者の一部は米の飯に対する執着に起因する、と私は思っている。米の飯そのものは無害だが、飯の存在によっておいしいものは、酒によってほしくなるものより多い。

塩辛、アジの干物、イクラの醬油漬け、海苔の佃煮《つくだに》、魚の西京漬《さいきょう》け……。書いていると、原稿は呑兵衛《のんべえ》用の食品名の羅列になり、この作家はこんな下らない作業で原稿料を稼いでいるのか。そいつに原稿料を払っている「小説NON」編集部もいい加減な編集者ばかりだ、ということになるから、その誤解を避けたい。しかし魅力的な食品名の連呼というものは、人を超え、場所を超え、思想を超えて共有共感されるものだ。「アンポ反対」「自由党ヤメロ」などと叫んでみても、涎《よだれ》も湧かないが、「秋にはサンマ」「冬には土鍋」と叫ぶと、誰もが一瞬心が動くのである。

「色」も「食」も度を過ぎるとお笑いになる。この質的変化を与える限度はどこにあるのか私にはよくわからないけれど、とにかく単純に量として限度を超えることにあるらしい。「そんなに食べると、ブタになる」という言葉の意味も厳密にはわからないけれど、普通の常識の範囲を食べていれば、人間は人間でいられる、というのだ。しかし一種の境を越えると、ブタになるという。

ブタは賢くて清潔な動物だと知られているが、汚いブタがいたとしたら、それは飼い主の人間がそういう環境に追い込んだからだ。だからその場合の不名誉は、ブタが負うべきではなく、人間がさぼっているからなのだが、ブタと人間の関係に関する限り、非はいつもブタにおかれるのは公平ではない。

賢いブタから「災害時の脱出法を教えられた人間がいた」とか、不潔な暮らしをする人間に「ブタが入浴法を教えた」とかいう小噺《こばなし》があってもいいと思う。

猫の最高の才能は、家の中で、冬なら最も暖かい場所、夏なら最も涼しい場所を自然に知っていることだ。省エネが叫ばれる時代に、それは貴重な才能だ。

もちろん猫に教えられなくても、人間だって最も涼しい場所を知っている。しかしそれが、家の北側にある廊下の台所の前だったりすると、一日中そこに寝そべっているわけにはいかない。人間は、人間関係を重んじるから、台所の前の廊下では寝ないものとなっている。つまり不自由な生き物だ。

しかし猫は違う。一番静かで人間の立てる物音の影響を受けない場所に陣取り、暖房をケチっていても暖かい場所を選ぶ。

猫こそ静かに環境と闘っているのだ。闘っているとも見えないほど静かに、しかし自分の身に不都合なことは頑《がん》として拒否し、自分で手に入れられる範囲の平和や陽差しや餌を獲得する。人間はしかしそうではない。燃料が手に入らなければ、自分で森へ薪《たきぎ》を切りに行ったり石炭を掘りに行ったりせず、すぐ政治に眼を切り替えてデモをする。食料が不足しようものなら大変だ。すぐ暴動を起こすだけで、庭に走り出て雀や烏《からす》を取って食物にしようとは考えない。全く人間という動物は能なしだ。

11

義理を欠く人間の言い訳

義理という日本語を改めて考えてみると、私はあまり好きな言葉ではない、と思う。私が毎日使っている電子辞書によると、義理とは「物事の正しい筋道」とか「人のふみ行うべき正しい道」とか「交際上の体面」とか、どうも私の感情とはしっくりしない状況があげられている。

本当のことを言うと、私は「人のふみ行うべき正しい道」などわからない、と思っているし、体面などというものはあまり考えたことがない。私はただ、その時々で安易に「この方がよかろう」と思うことをやっているに過ぎない。

「よかろう」には「安全だろう」「面倒が少なかろう」という程度の処世術の計算が含まれているのは確かだ。私個人に関して言えば、私は、つまりもめごとが嫌なのだ。何とか只今、その場を切り抜けられればいい。それをくり返して行けば、人生は終われるのである。だからその生き方に「志」はなくても「無事という技術」は大切だ。

私は戦争中に、大人になりかけていた世代である。大東亜《だいとうあ》戦争で日本が空襲にさらされた一九四五年春、私は十三歳であった。十三歳はもう子供でもないが、大人の分別《ふんべつ》が備わっているという年でもない。

現代の人は信じないだろうけれど、戦争中の日本は十三歳の女の子を工場動員した。つまり授業はせず一日十一時間、工場労働者として働かせた。

壮年の男たちは皆戦地に動員されている。日本国内に残っている民間人の男子は、五十歳以上か十六歳以下ばかりだった。当時の五十歳は、もう老人で隠居している年である。

私は通っていた地方の旧制高等女学校から、近くの工場に動員されて、一日中、軽作業をした。つまり学校は授業をやめて、兵器を作るために、十三歳の生徒まで働かせたのである。もっとも勉学の志低かった私は、工場労働者としての暮らしにそれほど不平を抱きはしなかった。朝の作業は七時に始まる。終わるのは六時だから、丸々十時間以上は働いたのである。履歴書に書いたことはないが、これは私の一生の中で輝かしい経歴である。私は学問よりも、労働者としての暮らしに向いていたのではないか、と思うくらいだ。

何で今更、私らしくもない義理の話をしたくなったかというと、猫は人間と違って、恐ろしく義理堅い動物に思えるからだ。

ろくろく教えなくても、排泄の場所を間違えない。立ち小便をする人間とは全く違う。人間の我がままな子供のように、不当な要求をするために喚《わめ》くようなこともしない。

白い牝猫の雪は、毎晩ほんの数分、私のベッドに寝に来る。マットレスに飛び乗って私の頬の傍に寝る。そして時には五分、次の日は三十分くらい眠った後で、ベッドから飛び下りる。つまりその夜ずっと眠る場所は、そこではないのだ。

日によって、寝場所は違う。私の寝室のドアの近くなのだが、部屋の内側の時もあれば、すぐ外の夜もある。その夜の温度によって、彼女は微妙に寝場所を選んでいる。しかし私と頬を寄せ合うような暑い空間ではない。ただ、夜は、必ず私の寝室のドアの近くなのだ。だから私は急いでドアを駆け脱けられない。そんなことをすれば、雪を踏みつぶすことは間違いないのである。

しかも雪のすばらしい点は、私の頬にぴったり顔をつけて寝る時、これは飼い主に対する「ご挨拶」と「義理」のためだ、ということがよくわかるように行動することであった。心から……そうするのではない。しかし一日の終わりに当たって、必ず「顔出しする」ことを忘れていない、ということが、はっきりわかるような行動である。

「心から」ではなく「義理のため」と思うのは、すばらしいことだ。人間にだって義理を欠く人はいっぱいいるのだが、毎晩「顔出しする」のを怠らない人なんて、あまり見たことはない。しかも「これは義理」とわかるように挨拶に来るなどという芸は、かなり高級なものだ。

私は、いつも義理を欠いて暮らして来た。義理を欠かない方法はわかって

11　義理を欠く人間の言い訳

いるのだが、面倒くささの方が先に立った。

義理を欠く性格の人間は、言い訳もけっこううまいのである。「素朴な方がいい」とか「人間無理をすると長続きしない」とか「義理で何かをしてくれる人は鬱陶《うっとう》しい」とか、理由は次第に複雑になって来る。

しかしどちらが偉いか、というと答えは単純だ。理由は何であれ、長く続く人の方が偉いのである。少なくとも私は「自分を省《かえり》みて」そう思う。私の唯一の美点は文章がうまいなどということではなく、一つことを長く続けてやれるという性格だった。四百字詰めの原稿用紙に千枚も二千枚も手書きで、でたらめとも言えない文章を書いて行くなんて、まともな感覚のある人ならできなくて当り前の行為だ。できる人は性格のどこかの留め金かねじが、一本緩《ゆる》んで飛んでしまっているか、締《しま》りすぎているか、なのだと思う。

蚊も蜥蜴《とかげ》もペットになり得るというが、私はどうもその点に関しては深い先入観を否めない。ペットは温血動物でなければいけないように思う。

牡猫の直助は、この頃、私の甘さにつけ込んで、毎晩のように私のベッドの上に上がって寝ているのだが、彼は私の蒲団の裾の部分に寝場所を決めた。この辺なら叱られないだろうと、十センチ刻みの正確なポジションを見つけたのである。

時には猫のくせにバンザイをしているように仰向けに四肢を上げて眠っている時もある。うちの飼い猫だけでなく、最近は、このように敵に襲われても、防備力皆無という姿勢を平気で取っている猫がいるという。嘆かわしい時代だ。

12

「秘密の場面」に居合わせる

世の中には、そこにいるだけで、ひしひしとその存在を感じさせるという人がいる。

始終煙草《たばこ》を吸う人は、家中が長年の煙でいぶされて、柱などヤニ色になりかけている場合もある。そしてその原因の発生源になっている人からも、同じ匂いがしている。

その人の家のやり方だから、どうでもいいようなものの、一日中茶の間に坐っているだけでは済まなくて、始終奥さんに「おい、お茶」とか「おい、今日の新聞持って来てくれ」とか言っている人もいれば、「俺の眼鏡、どこかで見たか？」などと、暇は充分あるくせに、自分の眼鏡一つ管理できない人もいる。

少なくともお茶くらい、台所に行って自分で淹《い》れるべきなのである。「××子（奥さんの名前）ちょっと訊くけど、○○（知人の名字）の奥さんの病気は治ったのか、それとも死んだのか？」と奥さんの記憶力を自分の頭のメモ代わりに使っている人もいる。まだそれほどの年でもないのに、である。

その反対に、どこにいるかわからない人もいる。亡夫もそうだった。会話がない人ではないのだが、大体静かな部屋で本を読んでいるか書いている人であった。

或る時、家中探しても夫がいなかった。トイレから始まって、いるはずのない納戸の中まで探したが、見つからない。

何時間過ぎて見つからなかったら警察に届けて非常識と思われないか、私は体験がないので判断がつかなかった。

警察に「最近思い当たることがありますか」と聞かれたら何と答えよう。「全くありません」と答えた直後に、書斎を捜索されて「僕はもう生活に疲れた。生きることにも飽きた」などという原稿の部分が見つかったらどうしよう。「あれは小説の書き損じの部分です」と言っても、夫の普段書くものの内容には「太宰治的要素」は皆無に近いから、そういう言い訳も通じないかもしれない。

私は焦った。届ければいいのか、届けない方が恥をかかないで済むのか。

数分迷っていると、夫はけろっとした顔で帰って来た。

「只今」とも言わずにである。

「どこに行ったの」

と思わず詰問口調になると、

「渋谷の本屋だよ」といつもの答えと同じである。女房は信じていないと思っているのか、書店のカバーのかかったままの文庫本までひらひらさせて見せている。

しいて言えば、渋谷までも行って、本屋で文庫本一冊買って帰るにしては、時間がかかり過ぎているのだ。しかしそこまで「掘り起こす」ほどのできごとではないとも言える。

でもつまり真実はどうなのか。

何年も経って、夫の言葉を私の作品に使うために、本当のことをつき止めることにした。私の家の傍の私鉄の駅から終点の渋谷まで、線路の距離としては大体八キロである。

人間は線路の上を歩くわけではないから、普通の道路を歩けば十二、三キロから、十五キロくらいあるだろう。すると、二時間から三時間、ということになる。確かに歩けない距離ではないが「思い立って歩いてしまう」奇人も、あまり多くはないだろう。乗車券はたった二百円なのである。

しかし夫はケチが趣味なのだから、癖はなかなか治らない。渋谷まで歩いて「今日、僕は二百円も節約した」と私だけにではなく、秘書や、当日たまたま家に来た客にまで得意そうに言いふらす。

そんな或る日、彼の昔の教え子がやって来た。彼もまた渋谷まで歩いて二百円節約した話を聞かされたのだが、さすがに百戦錬磨の教え子だけあって、穏やかに感心してみせたりはしなかった。

「先生、だけど先生のズボンの裾と靴の踵《かかと》は、確実に二百円分以上減ってますよ」

そういう会話が交わされる時、よく傍らに猫がいる。立ち聞きをしているというわけでもないが、猫は必ず一家の秘密の場面に居合わせる動物である。

もっともこういうドラマも、猫の性格によって引き起こされるものらしい。

秘書が、仕事上のお客さまのお着きになる直前に、玄関のスリッパを揃えることがある。それがわかると長い白毛の雪は嬉しくて玄関に坐ってお待ちしている。お客さまがお着きになると、彼女は張り切って先に立って走り出す。広くもない家で、しかもいつも我が家に来て下さる編集者なら、応接間はどこかご存じなのに、たった数メートルの廊下を、先に走って案内する。この家の無愛想な主にはない愛らしさである。

実は先に立って走り出す時、一番目立つのは、旗指物のようにおったてたふさふさのみごとな尻尾の毛の下にみえる健康なお尻の穴である。我が家の猫たちの一番の美点は、その健康さである。

ことに白い牝の雪は、ペットショップで、

「この仔は腸に問題があるので、同じような年齢で毛色も似た他の猫を取り寄せてお持ちいたします」

と言われたのだが、私は、

「いいえ、この仔を連れて帰ると決めましたから、もし腸の具合が悪ければ、こちらで治療します」

と言い張って、その日に連れて来てしまったのである。人間の子だって、養子にする時に、お腹が弱いから他の子に取り換えるという人はないだろう。

しかしペットショップの人の心配とは違って、雪は全く元気だった。我が

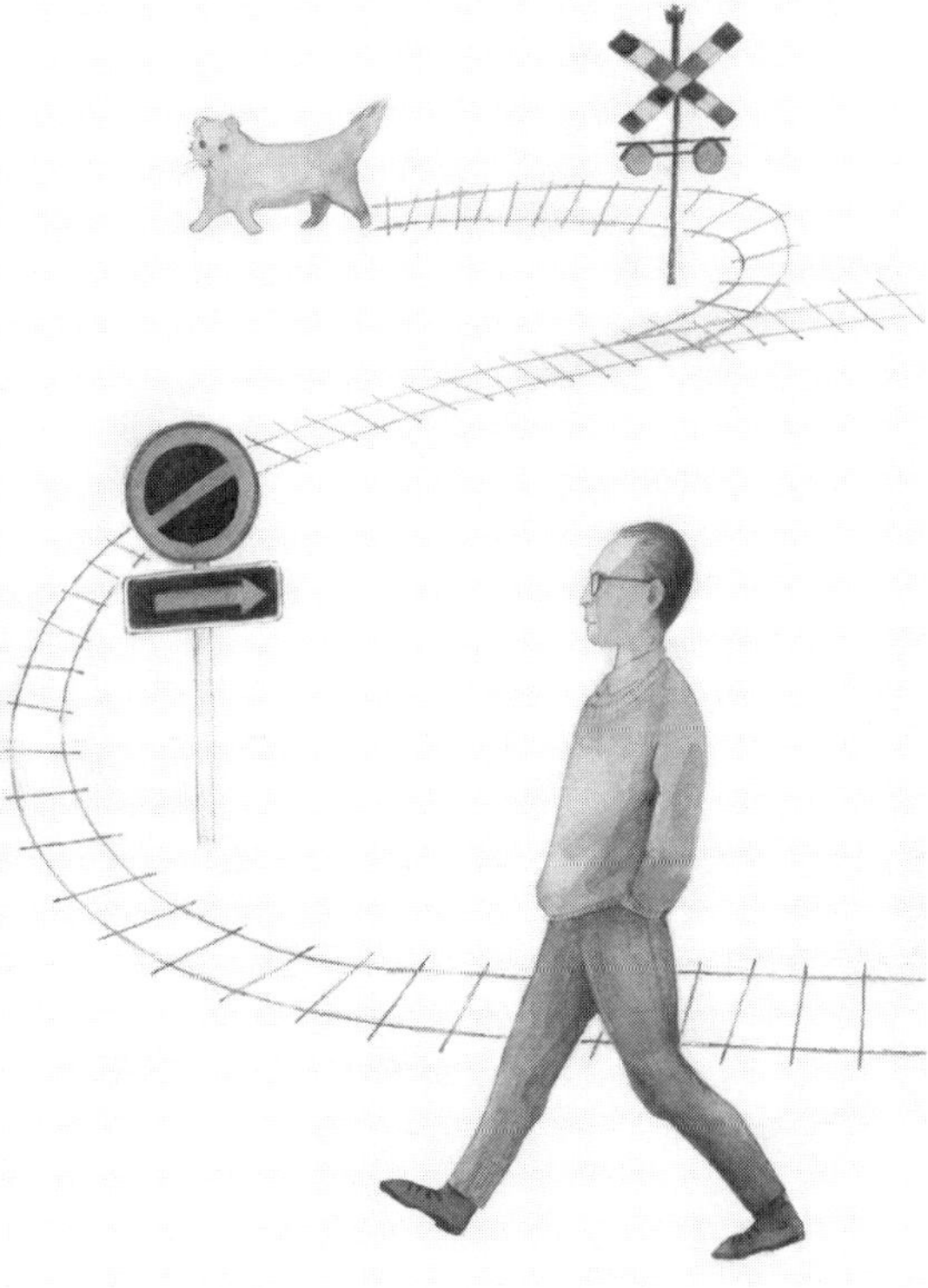

家に来てから、下痢もしない、便秘にもならない。

ケチな私は、ペットの自慢をする時、

「ほんとにうちの猫たちは健康で、予防注射以外は、獣医さんのお世話になったことがないんです」

と言う。実は猫のために、余計なお金を出さずに済んでいることが嬉しくてたまらないのだが、あからさまにそう言うのを避けているに過ぎない。

13
時々は愚かな時間の使い方を

猫がこんなにも人間を意識しているとは、私は知らなかった。ひどい仕打ちさえしなければ、同じようになつくものと思っていたのである。

牝猫の雪はまだ仔猫の時、客間のソファに坐られた編集者の背広の上着の裾《すそ》を、「小さなおうち」と思ったらしく、その裾にもぐり込んで寝てしまったことがあった。お帰りの時刻になっても起きる気配はない。

「猫ってこんなものですか？」

と私は申しわけなく思いながら尋ねた。

「うちの猫は違いますけど」

私が相談した人は答えた。

「どういうふうに？」

「客が来そうな気配がしただけで、二階に逃げて行って下りて来ません」

私は黙っていたが、その時の自分の心のうちを今でもはっきり覚えている。つまり、そういう反応を示す猫の方が明らかに知的に感じられたのだ。

雪は、お客さまが好きで好きでたまらない。我が家にみえるお客さまは何年何十年という顔見知りがほとんどなので、玄関のすぐ脇が「客間」だということを既にご承知の方ばかりなのだが、雪は張り切って小走りになって、案内する。ふさふさの尻尾を立ててお得意の場面だ。そして部屋に入ると、自分は座長席のような一番奥のソファに飛び乗る。そこが自分の席だと心得ているのだ。

つまりそこは一番上座《かみざ》のように見える上、ほかの椅子に坐るより、一、二メートル余計に歩かねばならないので、誰も坐りたがらないソファなのである。

誰もそこを雪の席と決めたわけではない。しかし雪は、そこならいつでも空席だということを知った。それから、この客間で起きるドラマを気兼ねなく見るには、最上の席であることもわかったのである。

ドラマと言ったって、大したドラマはない。お客さまのほとんどは、最近では頭の巡りの悪くなった私にも辛抱強く相手をして下さっているから、年に一度も険悪な空気の流れることはない。

ただどのドラマの筋書きにも、基本には「お母さん」（つまり私）の、ケチという情熱が働いているというだけのことだ。猫がソファや柱で爪を研《と》ぐと「こらぁ！　雪ちゃん、お母さんの財産減らす気かー」と、私は怒鳴る。

この家には、傷一つで値段が減るような高価な家具も床柱もないくせに、この科白《せりふ》だ。だから雪は叱られても長々と背伸びとアクビをしている。反省の気配はない。

それに反省という行為は、最近のテレビではよく、何かの組織の責任者が頭を下げるという仕草で示しているが、そもそも見るからに嘘くさい表現である。

反省は子供にだけ許された反応だ。少なくとも三十歳を過ぎた大人が示す行動でも反応でもない。三十歳になるまでに多くの人は、あらかた人生で厳しい目に遭って来ているのだから、その後の自分の表現も知っているはずだ。そしてその間に反省の機会も充分にあったはずなのだ。

だからテレビに映るような反省を、相手に強いることは最も愚かな行為だ。バカにされるのは、謝ってみせる側ではなく、謝罪の行為を要求する人である。

過失で高価な茶碗を割ったというなら、まず謝るのが順序だろう。しかしその場合でも謝罪を要求するのは愚かなことだ。割れた茶碗は元には戻らない。いや現代では、目で見ても、指で弾いて音を聞いてもわからないほどの修理法もあるというが、それでもレントゲンで見れば継ぎ目は見えるという。だから他人に割られて困るような陶器は、何と言われても他人の手に触れさせないことなのである。

老人になると、それまで何でもなかったことが、難しくなることがある。長生きなど、それほど望まない、と口にする老人は多い。私もその一人だ。世の中の進歩をみていると、百二十歳まで生きた自分が周囲についで行けるとは思わない。すべて物事には、適当という点がある。

長生きしたくない、と言うくせに病院が好きだったり、こまめにサプリメントを飲んだりするのが好きだったりする老人も多い。実はそれも矛盾してはいないのである。病人で長生きしたくはないから、サプリメントを飲むのだ。

私は八十歳を過ぎてから決めたことがある。とにかく少し体に異常を感じても、医師にはかからない、ということである。病名がわからなければ病気ではないのだから、私はいつも健康だ。また一緒に暮らしてくれている人が、私が何の病気でどこの病院に連れて行ったらいいかで、悩むこともない。風邪気味で熱があればアスピリンを飲んで、ただ寝ている。

風邪はヴィールスによるもので、一般にヴィールスに効く薬はないらしいから、病人は自分の体力で病気をやり過ごすほかはない。それ故に多分私のやり方はそんなに間違ってはいないのである。

最近ではめったにそんなこともないが、お腹を壊したら清潔な水だけ飲んで絶食する。これも最高の治療法である。体の痛い時だけ鎮痛剤を飲むが、これは薬を飲めばしあわせになれるというすばらしいものだ。アフリカに行く時も携行する便利な薬である。

体の具合が悪いと、頭の働きも悪くなるが、そんな時に一番手近なヒマつぶしになるのはテレビである。普段私は、夜以外テレビを見ないが、風邪をひいて熱っぽいような時には、何よりテレビがありがたい。安易な時間つぶしなのだが、自然について物知りになれる番組もあれば、一月《ひとつき》経ったら何の価値もなくなるような知識だなあ、と思うものも教えてくれる。

どちらも人生の時の過ごし方だ。人生を意味あることにしか使わない、などと自負すると思い上がってろくなことにならないから、時々愚かな時間の使い方をすべきだろうと思う。

14 何のために生まれて来たのか

猫がどれだけ自己の感情の結果で人間に近寄って来るのか、私は全く見当がつかなかった。犬の感情はかなりよくわかる時がある。家族が外出から帰って来た時など喜んで吠えることも多い。我が家には、喜びのあまりよくオシッコを洩らす犬もいた。

しかし猫は物静かで声を立てない。

牡の直助は三カ月くらいの仔猫の時、我が家に来た。最初の晩は淋しいだろうと思って私は抱いて寝た。せめて人肌の温かさがあれば、母猫の傍にいる気分になれるか、と思ったのだ。

私はこの猫を母猫から引き離したことは慙愧《ざんき》に堪《た》えなかった。別に私が、親と子を引き離したわけではないが、売る目的で繁殖をさせるブリーダーは、約百日で子供を売りに出すという。仔猫は小さいほどよく売れる。仮に買ってくれるお客がすぐ見つからなくても、小さければ売れるまでの時間を稼げる。売れ残って大きくなってしまうと、それでも買って（飼って）くれるという人もいなくなるだろう。そういう「仔猫」や「仔犬」の運命はどうなるのか。私は知らない。かわいそうで知る気にならないのかもしれない。

私はもっぱら、幼い時に母親から引き離される仔犬や仔猫の運命ばかりに心を動かされて来たが、同じ話をしながら、仔を失う母犬や母猫を憐《あわ》れんでいた人もいた。無残《むざん》にも人間に幼い子供を取られてしまう母猫の立場を考えているのである。

仔猫の直助が家へ来て間もなく——しばらくの間だが——私は感傷的になることがあった。今、たった一つ、望みを叶えてくれる神さまのような人がいて、「お前の望みは何だ」と聞かれたら、「直助にもう一度お母さん猫のおっぱいを飲ませてやって下さい」と言いそうな気がしていた。

私は始終、猫たちを抱いてやっていた。直助も雪も、牡と牝の差はあれ、うちに来た時はまだ充分に仔猫だったから、とにかくお母さんの人肌ならぬ猫肌が恋しいだろう、と思ったのだ。猫たちの「毛皮」の感覚は優しいから、私のような立場の者さえ、始終抱いていたくなる。多分猫たちは迷惑に思っているだろう。余所者《よそもの》の人間さえそんな気分になるのだから、母猫は仔猫を、仔猫は母猫を引き離されたら、どんなに淋しく思うだろう。

そんな感傷的で素朴なことを書いていたら、読者の一人から手紙をもらった。商売目当てで売りに出ているような犬猫を買うのはけしからん。自分のまわりには野良になった犬猫がたくさんいる。そういう犬猫を飼ってやるべきだ、という手紙の主旨だったが、私はその手の訓戒にも従えなかった。私は「いいことをするために」猫を迎えたのではない。猫たちはどう思っているか知らないが、私は彼らを抱いていたい、彼らの背中を撫でていたい、という利己主義を優先したのだ。だからと言って、私は彼らが「嫌がるまで抱くような」ことはしていないつもりなのだが、その基本的な欲望だか目的だかを、ごまかす気はなかった。

動物に対する時は正直になるほかはない。彼らは心理学者であり、同時に生命の持ち主なのだ。私たち人間がヒューマニズムだか動物愛だかをふりかざしてみせていても、現実の心が冷たかったり残酷だったりするなら、すぐ見抜くだけの力を持っている。

元々私は生き方が無様で、赤ん坊にも動物にも好かれたことはないのだが、それでも牝猫の雪は、夜は必ず私の部屋に寝に来た。昼間は全くどこにいるかわからなくても、夜は私のベッドの三メートル以内にいる。そして就寝間際に私の頬の傍にほんの数分から三十分ほど寝て、「義理を果たす」ことだけは忘れない。なぜその行為を本能だと思わずに義理だと思ったかというと、彼女は短時間私の枕の傍で過ごすと、さっさとベッドを下りてしまうからだ。その後姿がすべてを物語っていた。

それ以後は彼女の好きなままであった。暑い夏の日もあれば、寒さのきつい冬の夜もある。私自身が寒がりなので、私の居間は一応床暖房を入れてあるが、それでも部屋の中央と端っこでは温度差がある。その建築上の不備を使いこなして、その日最も適当と思われる温度の場所で雪は寝ている。少し開いていたドアの外の廊下で寝ている日もある。私の方が、ああだこうだと生活上の小細工をしてみてはうまくいかない人間の浅知恵を、いつも笑われている気分になる。

彼女の生き方は、人間に直せば、完全に大人のものであった。雪は母親から生きる知恵を教えられる前に、人間の手によって強制的に引き離されたかわいそうな仔なのに、それを嘆きもしていない。全部自分で学んで一人前の猫になっている。昼はひたすら眠る。日溜まりや暖房のよく利く場所で、自然の恵みや許しを受ける。夜はほんの短時間、我が家の「同居者」の心優しいイウカさんや私の胸元で甘え、それから睡魔に身を委《ゆだ》ねる。

それではいったい何のために生まれて来たのだ？　と私は疑問を投げかける時もある。答えを期待しているのではない。人間だって何のために生まれて来たのか、わかっている人などほとんどいない。人生はほの暗いトンネルのようなものだ。周囲の状況も目的もほとんどわかっていない。しかしトン

14　何のために生まれて来たのか

ネルに入れば、誰もが僅かな光を目当てに先に進もうとする。それ以外の生き方を思いつかないのだ。

それでいいのだ。人生はわかっていて生きるものではない。むしろわからない答えを見つけようとして生きているものなのだ。それが見つからないからと言って自殺した人までいた。天下の秀才ほど、自分の不明に耐えられない。しかし私や猫は生きていられる。猫は眠って起きて食べて、アクビをして背伸びをして、また眠って起きて食べてアクビと背伸びをして、みごとに生きている。

15

一人でぽつんと

動物にとってはその最大の関心事は、食事と睡眠だと思うのだが、猫の食事に関して、私の思い込みは初めはかなり古い時代のものだった。イワシの煮つけの食べ残しや、お鍋の底に残った味噌汁で残りご飯を煮たものなどをやればいいのだ、と思い込んでいたのだ。私の子供の頃の犬猫の飼い方はどこの家でもそんなものだった。

しかし時代は変わって、今は一日二食、専用の餌を食べさせれば、それで完全栄養が取れるらしい。

私はペットショップの売り場で猫たちが食べていたのと全く同じブランドの餌を、大袋で買ってあった。味が同じなら新しい飼い主のもとで、とまどったり、淋しく感じたりすることもなかろう、と思ったのだ。中味は小粒のよく乾いたビスケット状のもので、それさえあれば、私は新しいペットの食事の好みとか、お腹の具合とかを全く心配しなくてていいし、調理の手間もかからず、栄養の偏りもないということになる。

事実この手の餌はすばらしいものだった。

まずペットが嫌がらない。人間は、毎日毎日同じ食物を出されたら飽きることもあるだろうと思うが、我が家の猫たちはこの食事が好きらしく、朝夕二回カリカリといい音を立てて食べる。多すぎれば残してあるから、別に心配は要らない。

初め私は、量にもこだわっていた。適量を与えないと、人間と同じで肥満になるだろうと思ったのだ。ところが猫は人間のように意地汚くないらしかった。これは大きな発見であった。

人間が与える量を心配しなくても、満腹になれば、あっさりと食べるのをやめるというのである。お腹いっぱいになってもまだ食べ続けるのは、どうも愚かさにおいて図抜けた人間だけらしいのだ。そしてこの餌を食べている限り、彼らは下痢も便秘もせず、痩せも太りもしない。

もっとも猫にも肥満猫はいる。

昔、立派なドクターと知り合いだった。その方は誰もが掛かりたがる名医だったのに、公立病院の一隅にある官舎住いをやめなかった。つまり職住近接が、患者を治すという仕事に一番便利だと知っておられたのだろう。

当時の公立病院には質素な官舎がついていた。今は建て直されただろうが、当時は戦前からあった建物で、2LDKくらいの慎ましいものだった。入口の靴ぬぎは、一メートル四方もなさそうだったが、昔風に言うとその一辺が下駄箱になっていた。その下駄箱の上に、先生の愛猫がきっちりと収まっていた。それほどの巨大な「デブ猫」だったのだ。先生ご夫妻が可愛がって、ご自分の食べものを常にちょいちょいと千切《ちぎ》って食べさせていらしたのかもしれない。

食欲と肥満の関係を、私はまだ深く考えたこともないのだが、これは人間の業《ごう》だか罰だかの永遠のテーマを示していそうでおもしろい。食欲、色欲、物欲、権力欲、ほかに何欲があるのか、私にはよくわからないが、最初の三つは理解しやすい。私が一番わからないのは権力欲である。

そこで下らないことを思い出した。

総理官邸の門には、守衛さんがいるから、我々が勝手に中に入ることはできない。それでも「権力の場」は庶民の興味を引くらしく、いつ行っても門の前で記念写真を撮る人もいる。

先に言っておくと、どうも世界的レベルから見て、日本の総理官邸はかなり「みみっちい」と言ってもいいのかもしれない。私の知人の中には、ワシントンの日本大使館の方がずっと立派だと言う人もいる。

もっとも私は、他国の総理官邸の内部を一つしか知らない。韓国の青瓦台《せいがだい》と呼ばれる大統領府に、昔、大統領夫人にお会いしに行った時だ。現実に私たち庶民は、他国の首相や総理官邸の内部を知ったところで、どれほどの利益があるわけでもない。そんな話をすると眼を輝かせて聞いてくれる人は、やや権力主義者で、俗物で、その話が価値を持つのは、個人的な知人にお披露目する時に便利なだけである。

或る時、日本の総理官邸の執務室を見せて下さった「元総理」は、私が作家だから、知っておいてもいいでしょう、ときちんとその目的に触れて下さったのだ。

執務室に入る前に、その方は、数十人いると思われる広い秘書室の中をわざと通られた。普通に廊下を通れば、秘書室など通らなくてもいいのだが、それがこの方の気配りの形だったと言える。

広大な秘書室の机の間を歩きながら、元総理は、「ソノアヤコさんだ。ソノアヤコさんだ」と、すべてのデスクの人に声をかけることもお忘れではなかった。何もかもよく見通して、人情的でありながら、愚かな世間の反応もよく察しのつく、無駄のない方だと、私は思った。

肝心の総理の執務室は、ほの暗い、細長い部屋だったという印象があるが、私は細部を記憶する才能に欠けている。

「こういう部屋で、総理大臣などというものは、日によっては、一緒に食べ

15　一人でぽつんと

る相手もなく、一人でぽつんと昼飯を食べているんですよ」

と元総理は言われた。私は黙って伺《うかが》っていたが「総理でいらしたら、お昼食は『お一人でぽつんと』の方が、考えごとをなさるのに、およろしいのではないでしょうか」と言いそうになったのを、今でも覚えている。

人間が本気で取り組む仕事は、どれも「一人でぽつんと」なのである。そしてそれが一人でぽつんといることを運命づけられた人の担う任務なのだと思う。運命は、合議制では理解できないものなのだ。

16

誕生日を祝うなら

我が家の猫には二匹とも誕生日がある。誕生日のない動物はいないのだが、母や夫や私は何となく自分たちの誕生日を祝うことなど、全く無視して生きて来た。皆が、家族の誰かの誕生日を祝って、というより、その誕生日を「だし」にして、何かおいしいものでも食べようというのだ。それはいいのだが、自分の誕生が重いものだと周囲に思わせるような行為が私は好きでなかったのである。

今また時を経て、我が家の猫たちは誕生日を祝う。私が忘れていても我が家の秘書はケーキが好きだから、何とか理由をつけてバースデー・ケーキを注文したいのである。当然のことだが、このケーキはすべて人間が食べる。猫はケーキなど全く食料とも思っていない。

私は二匹の猫たちを、ペットショップで買って来たから、彼らの誕生に関する書類も送られて来ている。つまりペットショップの猫は、大体、曾祖父母まで系図がわかっているのだ。本当か嘘かは別としてである。

だからと言って、何ということはないなあ、と私は思う。昔のお殿様が飼っていらした猫の末裔《まつえい》であろうと、近くのドブから拾い上げた捨て猫だろうと、私はどちらでもいいからである。かわいいのもおもしろいのも同じだ。人間の性格のひん曲がったのは少々困るが、猫の性格なら曲がっていてもいい。まともなご飯は食べないが、他人が食べようと思って茶碗によそっておいたご飯なら食べる、という猫なら、そのひん曲がった根性ゆえに本気になっておもしろがれる。

このことを思っても、自分が世間に高く評価されることを望むという姿勢は間違いのようだ。普段から、世間には見下されているような人がたまにいいことをすれば驚かれ、高く評価される。人間が毎朝顔を洗っても誰も感動しないが、猫が顔を洗うと、ほとんどの人が感心する。「うちの猫、きれい好きなのよ」というわけだ。

「そう言えば、うちの夫も時々、顔洗うのさぼってるわ」

数人の女同士の、いや、おばさん同士の会話は大体こんな形で始まる。

「気がついて注意をすると居直るのよ。オレの顔はきれいだから特に洗う必要はない、と言うのよ」

「そう言えば足の裏や手は洗うとてきめんにきれいになるけど、顔はそういうわけでもないわよね。でも女性なら外出する時に、洗いっぱなし……という人も少ないんじゃない？」

「私、洗いっぱなしで人前になんか、とうてい出られない」

「やっぱり何かつけるでしょう」

「そうよ、裸で人前に出て行く人もいないのと同じじゃない？」

「私、この頃、お化粧なんて一分かそこらくらいの時間しかしない。年取ったらめんどくさくなったのよ。ローションとクリームだけかな」

「私なんか、昔から、これ一つでいいっていう栄養クリームだけよ」

「クリームだけ⁉」

「眉が禿《は》げてるから、それをペンシルでちょっと補うけどね。それと最近、リップクリームで色がよくなるのがあるの。それは使って便利」

「じゃ口紅でしょ」

「ううん、口紅ともちょっと違うのよ。ほとんど色がないんだもの。栄養剤みたいなものかな」

「へえ」

「それ塗ると、数分のうちに本当に健康そうになるの」

「いいわね。そんな便利なのあるの？」

「私も友達から教えてもらったんだけど、最近の自然派メーキャップってすごいのよね。した時は、何もしてるようには見えないの。でもしばらくすると、唇のいやな縦じわが丸っきり目立たなくなるのよね」

「それいいじゃない。それどこで売ってるの？　その口紅」

「電話すると、若いセールスマンが置きに来るわよ。その時に、最近の新製品みたいなものもちょっと見させられるけれどね」

「いいじゃない、最近の製品の知識も入って来て……」

「だから私、デパートの化粧品売り場で勧誘されたら言ってやるの。私、お化粧品って自分から買ったことありませんって」

「しつこく言う相手もいるけどね」

「そうね。買ったことない、って言うと、相手はいよいよ売りつけたいと思うみたいなとこはあるけどね」

「それはいやね」

「私は、それを振り払うのが、ちょっとおもしろい面もあるな。その日、時間があれば、の話だけどね」

思うに、女性たちにとって、自分を美しく見せるための行為は、男たちにとって、政治的な活動をするのと同じくらいの意識の幅を持っているのだ。だから何をしてもおもしろい。すべて知力の闘いなのだ。裏切っても裏切り甲斐がある。誠実を尽くしても、「女を上げる」というものだ。

16　誕生日を祝うなら

とにかく現在の我が家では、少なくともデコレーションをつけた丸いバースデー・ケーキを食べる日が、一年に少なくとも二日ある。人間の誕生日ではない。猫が二匹いるからだ。そしてこの二匹とも、誕生日がはっきりわかっているからだ。我が家に売られて来た時に、書類となってついて来たから、皆が祝ってケーキを食べる仕儀になったのである。本当のことを言うといささか苦々しいが、敢えて本気になって反対するほどのことではないから、それがしきたりになったのだ。もしかすると、「猫屋」と「ケーキ屋」は親類かもしれない。そして愛猫の誕生日に、必ず丸いケーキ一つ買わせるように仕向けたのは、彼ら親戚の差し金なのかもしれない。最近の社会は、もしかするとそれほどに「狡猾」なのだ。

17
夜の時間が作る

猫は夜の動物である。

こう思うと、犬は昼の動物だ、と言いたくなる。

事実がそうだというのではない。そう思ってみると、犬は昼間でも起きているが、猫はどこにいるかさえわからないほど、家のどこかの隅に身を潜《ひそ》めている。多分寝ているのだろう。だから猫はどことなく生活に秘密の部分を持っている、という気はする。

人間がその代表なのだが、一人前に魂だか精神だかを持って生きている存在は、どこか他人には隠したい部分を持ち合わせているのが当然だ、と私は思っている。別に隠れて脱税や小さな犯罪を犯しているということではない。ただ他者に説明しようにも、あまりにも複雑で長々しい物語が背後にあり、とうていその面倒に耐えられないような仕組みになっている精神は、世の中によくあることなのだ。

もっとも世間には、あまりにも公明正大で「お前それでも人間か」と意地悪く聞き直したくなるような性格の人もいないではない。こういう人たちは、ものを考えるということをあまりしないし、従ってあまり字を書くこともない。字を書くから、世間ではことが起きるのだ。秘密の手紙だの、極秘メモだの、という物ができて、その隠し場所や、それに関わった人などが問題の種になるのである。

私も過去に、ほんの少しその手の人を苛《いじ》めた記憶もあるのだが、付き合いの相手としたら総じて字を書きたがらない人の方が明るくていい。字を書く人がいるから、社会には裏表が発生し、人間関係は紛糾する。真実は、別にあるのだ。その証拠が「××メモだ」などという複雑なことになるのである。

総じて秘密文書は、夜でも昼でもいいのだが、暗い所で作られる。太陽の光のさし込む明るい窓辺で「裏の話のメモ」が作られることはあまりなさそうな気がする。

まず昼と夜を作った神は偉大だ。これで人間界のドラマは倍の広さになった。

人間が、今私たちの考えるような性格になったのは夜のおかげだ。人間は夜に、多分昼とは違う考え方をし、その結果、一日のうち半分は、昼とは違う物の言い方をしても許されるようになった。

それから更に途方もない年月が経って、人間は、夜を意識して使うようになった。それまでの人間は、夜はただ獣のように深く眠っていたに違いない。

しかし電気を使うようになってから、人間は夜の時間を、昼間とは違う美学で使うようになったのだ。もっと性的で、もっと表裏がはっきりとでき、もっと怠け者になり、もっと嘘をつくのがうまくなった。それ故に犯罪も増えた。犯罪は、願わしくないことだが、一種の文化のあり方を示す指標で、だから今生きている人たちの中には、夜行型の日常を送っている人もいる。

夜と昼をそれぞれの持ち味で使うようになったのは、人類にとって大きな進歩だ。そうでなければ、人間が地球に干与して生きる本来の出番は、ずっと希薄なものになったかもしれない。

動物はその点人間よりも、地球との関係を乱さない。昼は昼、夜は夜の暮らしをする。しかし人間には、昼はずっと寝ていて、夜に初めて人間らしい行為をする人もいる。

ことに小説家などに向いていると思い込んでいる人には、そういう性癖を持っている人物が多い。

大昔のことになるが、私は、一人の知人を訪ねて行こうとしていた。ここのところ、二十年ほど、個人的に話をする機会もなかった人だ。その当時彼女がパートナーとして一緒に住んでいたのは、有名な時代小説の作家だったが、私はそれまで文壇のパーティの人混みの中で、その姿を見かけても、お辞儀をする機会さえなかった人であった。

そういう相手だから、何時に訪ねたら少しは邪魔にならないで済むかわからない。私は朝八時から九時頃の間に行くことにした。九時近ければ起きているだろう。仕事にかかる直前、夫人と、二、三分喋って、預かっているものを渡せば済むことであった。

幸運なことに、初対面のその作家は寛大な人に見えた。「ああ、いらっしゃい」と大らかな口調で私に向かって言い、夫人と差し向かいで食べている食事を中断もしなかった。

大した用事でもなかったから、私は普通に挨拶して「また出なおします」と言った。もっとも「こんな時間に伺ったのは、ご主人さまの執筆のお時間を知らなかったからです」とだけは言い訳のようにつけ加えた。

「そんな気を遣って頂かなくていいのに」

と作家夫妻は口々に言った。それほどあけっぴろげな大らかな感じの人たちだった。

しかし私は、その夫妻に結局のところ、近づかなかったのだ。縁がなかっ

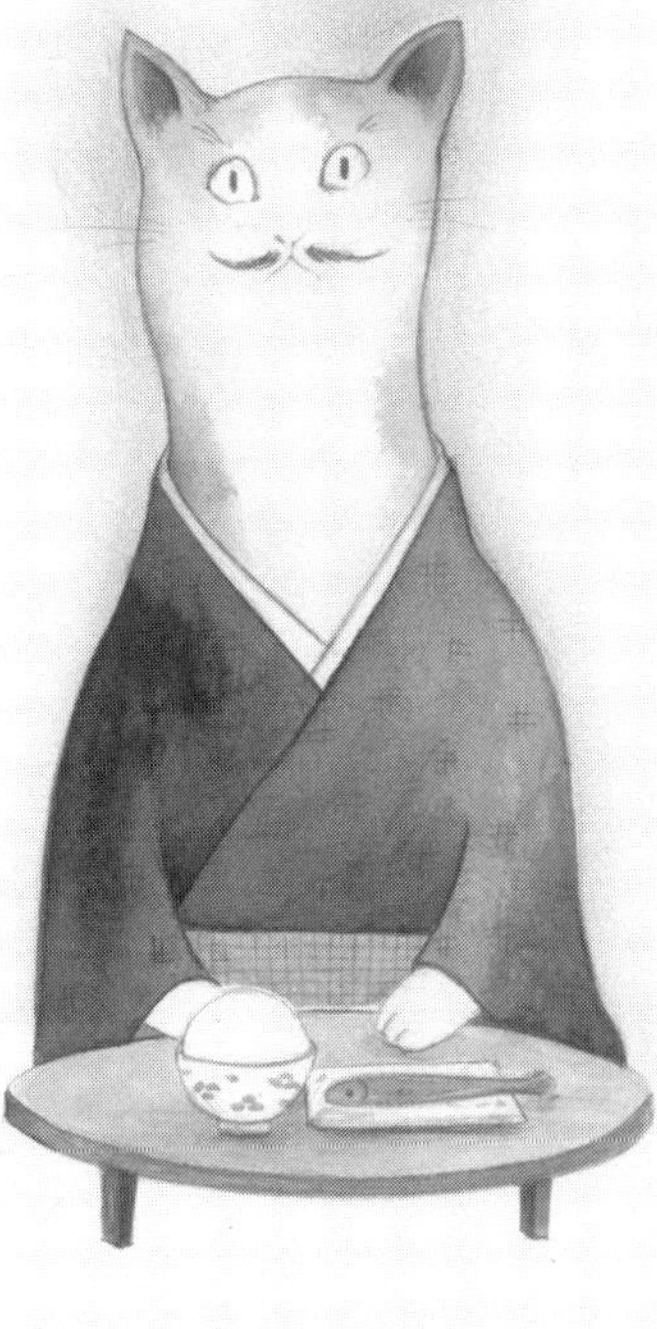

たのである。

電話でよく聞いてみると、二人は朝八時頃に食事をして、それから眠るのである。つまりその作家は夜通し書いていたのだ。だから朝仕事を切り上げると、八時から九時の間にのんびりと食事を摂り、それからの昼の時間を睡眠に当てるのである。

もし夜の七時から九時の間に行ったら、それは先方にとって一種の戦闘開始直前の時間ということになるだろう。二人は、私たち普通の人間が夕食をるものを食べ終える時刻に、仕事を始めるのである。ご主人の作家が太い鉛筆で書き散らした原稿を、夫人がきれいに清書する。夜間なら、電話もかからず、玄関に速達を届けに来る人もいない。創作に集中できる時間は夜に限るということは、私にもすぐわかった。

しかし私は、ごく普通の市民であった。朝日と共に起き、それからずっと書いて区役所のラウドスピーカーが「夕焼け小焼けで日が暮れて」の一節のメロディを流す時間に、仕事を一応切り上げる。夜、書くこともあるのだが、そこで昼の作業は打ち切って、私自身が夕食の準備に、ちょっと「口を出す」ためである。

18

快楽主義者には嘘がない

死んだ私の母は、折り目正しい人だった。いや折り目正しすぎて困ったところがあった、と言うべきだった。前にも書いているのだが、私はやや高齢な父母の間で生き残ったたった一人の子供だったので、死なせてはならないと思ったらしく、異常と言うべきほど過保護な衛生思想のもとに育てられた。

母はいつも子供の私の手指の消毒をするためのアルコール綿を、金属のケースに入れて持ち歩いていた。当時はまだ抗生物質が存在する以前の社会だったから、赤痢疫痢《せきりえきり》などという子供の命取りの病気の確実な治療法もなかったのである。抗生物質がなければ、子供は急性の消化器系の病気で簡単に死んでしまう。母はピクニックのお弁当に、丸のままの林檎を持参する時でも、野原で皮を剝く前には必ずナイフの刃と林檎の表面をアルコール綿で殺菌した。それほど過保護な環境で私は育ったにもかかわらず、大東亜戦争末期の日本の疲弊と、戦後の貧困のおかげで、私は貧しさにも不潔にも極めて強度の回復力をもつように育ったのである。

子供ながら、私は間もなく母の日常が異常な行為だと気づくようになった。しかし母の「支配下」にある間は、その監視の眼から逃れることはできなかった。

私は既に何となく感じていたのだ。この世はバイ菌だらけで、生きている我々はその存在から逃れることはとうていできない。むしろバイ菌と共生し、彼らにうち勝つ胃腸の状態を作るべきだ、と。

私はそのことを、小学校の高学年から中学生として暮らす間に、自覚し、密かに実行に移すようになっていた。時代も私に味方した。

一九四一年の開戦と言えば、私が小学校四年生の時だ。一九四五年の終戦の時、私は十三歳で、中学二年生だった。

終戦間近のアメリカは、やりたい放題だった。東京は、毎日のように爆撃機の執拗《しつよう》な空襲を受けた。ことに一九四五年三月九日から十日の朝にかけての大空襲では、一晩で東京の主な部分を焼け野原にした。

その後、終戦の八月十五日までの間、東京上空に日本の制空権はなかった。毎日のようにアメリカの爆撃機や、艦載機の空襲があったのだが、日本には全く応戦する気配はなかったのである。

後年、私は一人の親日家のアメリカ人に会い、何気なくこの時代の話をした。私が自宅の庭にいたところを、アメリカのグラマン戦闘機に狙い撃ちされた体験も含まれていた。すると彼は信じられないという語調になった。

「アメリカの艦載機が、十三歳の子供だったあなたを狙い撃ちしたって？」

「私はけっこう背が高かったんですよ。痩せてましたけど、もうその頃には百六十センチくらいは背丈がありましたから、大人に見えたんでしょう」

「でもあなたが狙われて撃たれたのは、昼間の東京でしょう」

「ええ、一九四五年のね。もう町のほとんどが焼け野原になった後の東京ですよ。うちのように空襲を免れた家が、ぽつんぽつんと焼け残っていた時代です。私が庭にいたら、突然うちの屋根の上から超低空で艦載機が飛んで来て、庭にいる私を撃ったんです」

私の家は東京のはずれの住宅地にあった。当時既に日本にはアメリカの艦載機に空爆されても、たった一発の対空砲火でそれに応じる方法もなかったのである。日本には高射砲も、「敵機」を迎え撃つ戦闘機もなかった。

私の話を聞いていたアメリカ人は、十三歳の私が東京の典型的な住宅地の庭でアメリカの艦載機から狙い撃ちされたことを、どうしても信じなかった。非武装地区にいた女の子だとわかる市民を、アメリカ軍機が狙い撃ちするわけはない、というのである（しかし……である。事実は違うのだ）。

第二次大戦中の大陸の日本軍が、さまざまな非人道的な行為をしたかどうか私にはわからないが、私はどうも人間のかかわる良いことにも悪いことにも、能力の限界があるような気がする。私は隣に坐った人のお菓子を横取りして食べて、知らん顔をしているようなことには、我ながら才能があるだろう、と思っているのだが、先刻まで生きていた人を、刺したり突《つっ》いたりすることには、ほとんど自信がない。お菓子を奪《うば》って食べる時には快感がある

が、傷つけて血を見ることには快感がないからだ。

だから私は心のどこかで、世間の常識が必ずしも評価しない快楽主義者が好きだ。彼らは、自分にとって楽なこと、おいしいもの、快い運命を真剣に求めている。そして他人とも、その共通認識の点で繋がって行こうとする。嘘がないのだ。その代わり、現実よりよく見てもらえるという利得もない。猫もそうだ。猫は夏になれば、家中で一番涼しい個所を探す。猫は、この現世での物の価値を実に正確に評価する動物だ。

直助も雪も、彼らが現在いる部屋で一番高価な椅子を選んで坐る。高価と言ったって我が家には大した椅子などないのだが、それでも間に合わせに買って来たような椅子というものはあるものだ。

今、我が家で直助が坐っているのは、折り畳み式の車椅子である。この椅子は、亡くなった私の母が最期の頃、時たま使っていたものだが、まだあまり古くなっていない。しかし、坐る人が心地よいかというとそうとも言えない。座面は一枚の分厚くて強靱《きょうじん》なクッションだし、同じ部屋にある革張りのソファと較べても、決して柔らかい座面だとは言えないのだ。しかし歩行に障害を持つ人にとっては、外出時の安心の種だ。

どうしてそんなものが今でもうちで機能しているかというと、先日、脚の悪い知人を我が家に迎え、その時何年ぶりかで使うことになったからである。

19

道具の愉しみ

その日、障害のあるお客が、玄関でスリッパを履くのを断ると、事情を知らない我が家の誰かは、

「どうぞ、どうぞ、ご遠慮なく」

などと常識的に改めてスリッパを勧め直したようでもある。私は夏など素足で家の中を歩くのが好きだが、確かに素足は足許を冷やしているようにも見える。しかし足許の安全を考えると、素足以上のものはないのかもしれな

い。

　その時、私は障害を持つ客に、母の使っていた車椅子を差し出したのだ。見場は悪いのだが、この車椅子は、玄関先に停《と》めてあったのだ。

「よかったら、これをお使い下さいませんか。お互いに安心ですから」

　いささかの身体上の不自由のある人にとって、今滞在している家の構造をよく知っているということは、最高の安心である。その上にたまたま我が家には、家中に敷居風の床の出っ張りも装飾的な段差もないようになっている。これは後年母が介護を受ける時に、思いがけずケアマネージャーさんという人たちから褒《ほ》められたものだ。

「お世話する人が楽で助かりますねぇ。こういう道場みたいに平らなうちって、なかなかないもんですよ」と言うわけだ。

　更にその上に、いつ何どきでも可動な車椅子まで玄関に待機させてあるのだから、我が家は障害者に理解のある家と思われるのも当然だ。

しかし私に言わせると、人は誰でも、思いの外、簡単に障害者になるものなのだ。

私自身五十歳を過ぎてから、二度も足首を骨折した。左右一度ずつ折ったのだから、私の足の怪我《けが》は後天的なものというより、生まれつきのもののはずなのだ、と私は反省の色もない。

我が家で最も早く設置された障害者用設備は、家中にはり巡らされた手すりだったが、これは、まだ母も若く、家中に一人も障害を持つ人がいなかった時代に作られたものだった。だから未だに使った人がほとんどいない。後年私も二度にわたって足を折ったのだが、それでも家中の壁につけられた手すりを使うようなことにはならなかった。

手すりよりも伝い歩きに有効だったのは、それまで通り置かれている家具であった。とにかく家具から家具へと伝い歩きをすれば、再び事故が起きる恐れはない。二つの家具の間の距離が遠すぎる時には、椅子を一脚、その間に置いた。それだけで伝い歩きの機能は確保された。

世の中すべて、「そのための専用の道具」は買わない方がいい。必要な時には、既にあるものを工夫して再利用する。そう思ってみると、個人の家は、足許の危ない家族が移動の支えに利用できる家具に溢《あふ》れているのがわかる。椅子、テーブル、茶箪笥、食卓、本棚、机……。どれも歩行不自由を支えるのに役立つものばかりだ。私の家の場合は更に書斎にあるコピー機、コンピューター用の机などもすべて手すりの代用品になった。しかもこれらは、そうそう簡単にはひっくり返らない家具ばかりだ。

みみっちい話になるが、既に別の目的で使われていた家具が更にもう一つ別の用途のために使えるようになると、私のようなケチな性格は、喜びも深くなる。食器を入れてある戸棚が伝い歩きにこんなにもうまく使えるとなると、それまで不必要な食器を買い過ぎた結果のように見られていた食器棚まで、障害者専用の家具の一種に昇格する。家中で、ムダな家具と思われていたものが、突如として安定のいい便利な有用品になるなどという幸運はそうそうあるものではない。

人間が道具というものを愛するようになった理由は、この「転用」のうま味にあるかもしれない。

或る男が庭の大木の下で昼寝をする味を覚えた。そうなると枕がほしい。そこで思いついた。昔たくあんを漬ける時に使っていた石でクビにしたのが一個ある。長すぎて桶《おけ》の端にひっかかるのだ。それを昼寝専用の「庭枕」にした。

するとこの男は突然、やって来る客に、自分は庭に専用の石枕を持ってい

19　道具の愉しみ

る、という自慢話をするようになった。

「頭が痛くはありませんか。何と言っても石でしょう」

客は途方もない話に、何と言っていいかわからないのだ。

「それが僕も初めはそう思ったんだが、石にはあなた、自然のカーヴがあるでしょう。それがまたぴったりと僕の後頭の曲線に合うと、これまた何とも気持ちのいいもんでしてね。途方もなく高級な枕を自分専用に誂《あつら》えて、それがぴったり合ったという感じですな。適当に冷やっこいから頭寒足熱の道理にも合いますしね。

第一昼寝に戸外に出ても、枕がそこに置いてある、というのは感じのいいもんだね。うちの女房に、昼寝用の枕を庭に出せ、と言ったって決して出しませんな。枕は押し入れにありますから、必要な時に自分で出して持って行って下さい、と言うだけですよ」

こういう経緯で、この話の主は、庭に専用の枕まで持っているお大尽《だいじん》になるのである。

当人自らが威張らない限り、他人や自分が大金持ち風の生活をしているという話は、悪気もないし景気も悪くなくていい。世間ではえてして貧乏話が受けるものだが、こういう偶然の結果発生した金持ち風の話は、少なくとも私は大好きだ。聞いていて楽しむだけでなく、家で食事の時に家族に披露して笑える。こういうふうにしておかないと、世間の夫たちというものは、自分の女房は世間でも稀《まれ》なほど上等な暮らしをしているはずだ、と思いがちなものだから、そうではない、という現実は常日頃、充分に突き付けておく必要もあるのだ。

20

私が幸せだと思う時

昔も今もだが、私の家で最も猫たちに優しいのはイウカさんだった。

彼女が若い時、猫を飼っていたかどうか改めて訊いたこともないのだが、彼女はあまり猫にサービスがいいとは思えない。猫の好きなものを人間の食事とは別に買って来てやることもしないし、遊び道具をくれるということもない。

猫の遊具なるものを贈ってくれた心優しい人は何人も私の周囲にいたのだ

が、それらはどうも猫にとっておもしろくないらしく、あまり興味を示さないのは不思議だった。猫はその辺に落ちているもので遊ぶ。最近の店が、必要以上に包装を堅固にするが故に出現する過剰な紐や箱の類《たぐい》は、すべて猫たちにとって非常に魅力的なものらしい。私は捨てる前に、猫たちの遊具として数日間使う。捨てるのはそれからだ。

人間に猫の関心事がわからなくて当然だが、イウカさんには猫の心理がよくわかるらしい。だから猫たちの望むことをしてやっているのだ。だから紐や箱の類は数日間台所の床に転がっていることになる。捨てるのはそれからでも済む。こんな単純なことが、人間の飼い主にはなかなかわからない。

猫たちは、自然にイウカさんの気配の範囲内にいる。昼間はイウカさんの部屋の窓で一日外を見張っているし、夜になると、大きなテレビのある部屋に帰って来るまで、イウカさんのベッドのあたりにいる。

私も昔は、寝ている直助か雪を抱き上げて、強引に二階の自分の部屋に抱いて行ったりしたこともあるのだが、近頃はそんなことをしたこともない。猫と人間の関係がうまく行っているかどうかを決めるのは猫の側であって、決して人間がその支配権だか主導権だかを握れる、ということはないと知ったからである。もちろん私が、勝手に寝ている猫を抱き上げれば、直助も雪も大きな抵抗を見せずに私と短時間つき合うのだが、飼い主に対する義理を果たしたと思えば、さっさと下りて、好きな方向に歩きだす。この時の呼吸は実にみごとなのだ。

私は宵のうちに雪と、短時間添い寝をする。別に義務感からではないのだろうが、雪の方がまるで義務のようにやって来て、私の左耳あたりにうずくまって寝るのだ。

愛玩用動物の毛は実に感触がいい。雪の長い白い毛は、触っているだけで癒《いや》しになる、と言うのだろう。もっとも、私は癒しという言葉がかなり嫌いである。世の中で「癒しになる」というものは、大抵の場合癒しにはなっていない。手触りの優しさくらいで癒しになるような人間の苦悩は大したものではないから、別に癒してもらわなくていいのだ、という言い方をしたくなる。

ただ私が評価するのは、雪の見え透いた私に対するお慰めの行為なのだ。まず毎晩「型通り義理堅く」見舞いにやって来る。義理と思えばできる、という人もいるが、私は義理を欠かずにやることが、かなり辛い性格なのである。夜、九時前後の大体同じような時間になると、雪は思い出すのだろうか。「ちょっと二階のあのおばさん（私のこと）の所に顔を出して、それからゆっくり寝ることにしようか」と思っているようにみえる。

その頃私は、たまにはまだ書斎で書いていることもあるが、大抵は二階のベッドで、印刷物を読むかテレビを見ている。夫が生きている頃は、ドリフターズの「全員集合」や志村けんの「バカ殿様」だけは必ず見たが、今は決まった番組はない。しかしBSも受信できるようになっているから、毎晩おもしろそうな番組を見つけることはできる。

するとその頃、雪は二階に上がって来て、ほんの数分私の顔の傍にうずくまり、数分間で立ち上がる。「さ、今日はこれでいいでしょう」という感じに思えることもある。とにかく、彼女は「私は今日もお元気だったの」という感じで細く開け放してある私の寝室のドアから消えて行く。私の「穏やかな一日」はそれで終わりを証明されるのだ。

この雪の行為は義理に違いないのだが、私は「心から何かをする」より「義理でする」人の行為の方を偉く感じることがある。いや、正確に言えば「義理でする」のも偉いし、自然に感謝を表わす人も偉い。

実は私にはどちらもさぼりたがる心理がある。心から感謝していても、態度に示すことをしばしばないがしろにする。だから私は「幸せなら手をたたこう」という、一時世間に流行したあの歌を歌うのには、最初から抵抗があった。

ただの歌詞じゃないかと思ってもいやなのである、この歌を歌う人は（歌詞を作った人も含めて）、幸せを感じている人が現実にいる、と思っているようにみえる。確かに私もアフリカのどこかの小国の田舎にいると「自分は幸せだ」と思う時がある。そういう土地の、ごく普通の家の子供が病気になった時だ。

貧しい田舎の母は、子供が夜になって高熱を出すと、教会でよく顔を合わせる修道女のいる修道院に、お金を借りに行く。それも、今の日本の貨幣価値に直して三百円くらいのお金がないからなのだ。

三百円あれば解熱剤のアスピリンを買えるのだが、それがないから夜十時頃、就寝時間がとっくに来ている修道院のベルを鳴らして裏口の門を叩き、薬代の数百円を借りる。私からみたら、修道院という所自体、信仰上の理由から、貧しさの中で暮らすことをモットーとしていて、つまり貧乏なのだが、そこからさえ、そのような少額の金を借りるのである。

しかしそれほどに「金持ち」の修道院にだって、強盗はあまり入らない。神様の親戚の家に強盗に入れば、未来永劫、地獄に行くのだと思うからなのか訊いてみたいところだ。

21

わかる人にだけはわかる

私は他人の才能を比較的素早く理解するたちだと勝手に決めているが、猫は人間が同居し、飼育する動物の中では、勘のいい方に違いない。

いつか勘のいい犬の話を聞いた。その家の主は株をやるのだが、その日損をすると素早く察して、寝ている主人の顔をぺろぺろ舐《な》めに来るのだそうだ。

私に言わせると、その男性の株の趣味など何も本気に考えてやることはない。彼は賢い人で、私と同じ自由業だから仕えねばならない組織も主人もいない。ただ株で損をすると、自分では外目にはわからないと思っていても、どこかで不機嫌が顔色に出るらしいという。

気楽に顔色に出せるということは、その人の生き方が自由であることを示している。仕えねばならない「主」を持っている人は、個人的な快不快などを、簡単に顔色には出さない。

顔色に出る、という日本語は、今ではなかなか含蓄のある言葉だ。一般には証拠となるのではないのだが「わかる人にだけはわかる」という状態でそこに出てくるのである。

「わかる人にだけはわかる」という言い方は、一般の会話の席ではなく、裁判の証拠として出されるような場合には、どういうふうに扱われるのか。そんなあやうげなことは「事実」としては認めない、というのかもしれないが、世の中には確かに、「わかる人にだけはわかる」ような重くてデリケートな現実はあるのだ。現実ではなく、語る部分と察する部分が、半々になっているような場合、それはむしろ雄弁に物事の真実を語るのである。

私は今までにたくさんの途上国を旅したが、そうした貧しい国の空港の税関を通る時には、いつも事前に子供だましのような戦術を考えていた。つまり賄賂《わいろ》とも言えないほどの金品を気持ちよく税関吏《ぜいかんり》に差し出して、他の携帯品に文句を言われないようにするのである。そういう私の愚痴を聞くと理解しない日本人は多い。「だって自分の国の人たちのためにあなたは来てくれてるんでしょう」というのだが、途上国では、自分が得にならないことは全く意味がない、と思う人が多い。だから国家的に伸びないのか、国家が貧しいから個人の判断も貧しいのか、私は理解することができない。

私は途上国に行く場合、いつもかなりの日本食を持っていた。自分が食べるためではない。私は一月《ひとつき》や二月《ふたつき》、日本食がなくても全く平気なのである。しかし五、六人の同行者がいれば、その中に必ず、口に出しては言わないまでも、日本食に執着している人がいる。或いは健康な日々にはそんなことがなくても、旅先でちょっと風邪をひいて微熱が出たりお腹を壊したりすれば、もう現地の食物は匂いを嗅いだだけで食べられないという人が出てくる。私が日本食を携帯するのは、そういう場合のためである。

税関でそれを取り上げられると困る。いや本当に困るのは、私たちが現地で働いている人たちから頼まれて携行している薬品、レントゲン用のフィルム、体温計などに文句をつけられることである。だから私は代わりにいつも取り上げられてもいいものを持っている。どんなものかというと、いずれも私が働いている組織の名入りのボールペンや時にはバスケット用のボールなどである。つまり理由を話せば、数個は寄付してもらえるような品物である。

ことにボールはいい。ボールは一人で遊べないものだから、半ば賄賂でやるにしても、家の外でそれを使う時には、必ず数人のその国の子が加わってくれることになる。ボールはつまりその国の子供たちが遊べばいいのだから、動機にいささかの不純があっても少しも困らない。

貧しい国の子供たちは、ボロ布や紙を丸めて作ったボールを蹴ったり投げたりして遊ぶこともある。そこにバウンドするようなボールをもらえば、数人の眼が輝き、運動量もぐっと増える。

しかし問題は背後にあった。見学に行った学校に絵の具や計算機などを贈れば、それは必ず受け持ちの教師が自由にしてしまう。自分の子供に使わせるか、売るか、いずれにせよ個人の特別な収入として扱われる。その手のことを、私たちはどうしても許せなかったのである。

21　わかる人にだけはわかる

以前、やはりアフリカのとある国を訪問する時、私たちは日本から五十本の注射器を持って行った。日本人のシスターが現場で看護師として働いているから、正当な使い方はその人がするだろう。それ以前に、万が一、私たちの同行者が病気になったような場合、現地の医療機関の注射器を使うことは避けたい。何しろ現場では、プラスチック製の使い捨て用の注射器を、再び煮沸消毒して（或いは水で洗っただけで）使う場合もあるという噂だから、そんな場合にも安全な注射器の携行は必要に思えたのである。

無事に予定の日にちを過ごして、私たちは誰も病気をしなかった。五十本の注射器は手つかずだった。私は当然それを現地においてくればいいと考えていた。しかしそれは意外に難しいことだった。

多分現場の医師たちは、それを使い捨てにしないだろうというのである。ガラス製の注射器と同じように、煮沸して使うだろう、と現地に詳しい誰もが憶測していた。或いはその新しい注射器は使わずに売るか、金持ちの患者だけに使って法外な医療費をとるだろう、という予測もあった。

使い捨ての注射器はプラスチック製で、もともと煮沸消毒をすることは考えられていない。煮沸すれば、歪《ゆが》みができて使えなくなる場合もある。これは再び使うことはできませんよ、と言って捨てて来ても、それが守られるとは思えない。

未使用の注射器を、どうしたらいいいか。誰もが悩んだ末、私たちは結果を深く考えずにおいてくることにした。

本書は「小説ＮＯＮ」二〇一九年一月号〜二〇二〇年十一月号連載「猫のいる家」を改題したものです。書籍化にあたり加筆修正しました。

★読者のみなさまにお願い

この本をお読みになって、どんな感想をお持ちでしょうか。祥伝社のホームページから書評をお送りいただけたら、ありがたく存じます。今後の企画の参考にさせていただきます。また、次ページの原稿用紙を切り取り、左記編集部まで郵送していただいても結構です。

お寄せいただいた「100字書評」は、ご了解のうえ新聞・雑誌などを通じて紹介させていただくこともあります。採用の場合は、特製図書カードを差しあげます。

なお、ご記入いただいたお名前、ご住所、ご連絡先等は、書評紹介の事前了解、謝礼のお届け以外の目的で利用することはありません。また、それらの情報を6カ月を超えて保管することもありません。

〒101―8701（お手紙は郵便番号だけで届きます）
祥伝社　書籍出版部　編集長　栗原和子
電話03（3265）1084
祥伝社ブックレビュー　www.shodensha.co.jp/bookreview

◎本書の購買動機

＿＿＿＿新聞の広告を見て	＿＿＿＿誌の広告を見て	＿＿＿＿新聞の書評を見て	＿＿＿＿誌の書評を見て	書店で見かけて	知人のすすめで

◎今後、新刊情報等のパソコンメール配信を　　希望する　・　しない

◎Eメールアドレス

@

100字書評

一人でぽつんと生きればいい

住所

なまえ

年齢

職業

一人《ひとり》でぽつんと生《い》きればいい
令和3年11月10日　初版第1刷発行

著　者　曽野綾子《そのあやこ》
発行者　辻　浩明
発行所　祥伝社《しょうでんしゃ》
〒101-8701　東京都千代田区神田神保町3-3
☎03(3265)2081（販売部）
☎03(3265)1084（編集部）
☎03(3265)3622（業務部）

印　刷　堀内印刷
製　本　積信堂

ISBN978-4-396-61766-0　C0095
祥伝社のホームページ　www.shodensha.co.jp